全注全译

王楠楠 注译

世说新语品读【第三卷】

中原出版传媒集团
中原传媒股份有限公司

中州古籍出版社

一二九

【原文】
谢公云:"司州①造胜②遍决③。"

【注释】
①司州:指司州刺史王胡之。他喜欢玄言,年轻时就有声誉。
②造胜:指造胜境,能深入优美的境界。
③遍决:指全面排除疑难。

【译文】
谢安说:"司州谈玄能达到美妙的境界,遍决疑难。"

一三〇

【原文】
刘尹云:"见何次道饮酒,使人欲倾家酿。"①

【注释】
①"见何"句:《晋书·何充传》说何充(字次道)能饮酒,并注明:"言其能温克也。"(温克,是指喝醉酒后能保持温和,克制自己。)因此刘惔才有欲倾家酿之叹。又陆游《老学庵笔记》卷十:"晋人所谓见何次道,令人欲倾家酿,犹云欲倾竭家货以酿酒饮之也。"

【译文】

丹阳尹刘惔说:"看见何次道饮酒,就会让人想把家中所有自酿的酒都拿出来请他喝。"

一三一

【原文】

谢太傅语真长:"阿龄①于此事,故欲②太厉。"刘曰:"亦名士之高操者。"

【注释】

①阿龄:王胡之,字修龄,清廉简约,以有操守、有风采自居。
②故欲:好像。

【译文】

太傅谢安对刘真长说:"阿龄对于个人品格修养方面,确实好像过于严肃了。"刘真长说:"他也是名士中有高尚操守的人。"

一三二

【原文】

王子猷说:"世目士少为朗,我家①亦以为彻朗。"

【注释】

①我家：我。

【译文】

王子猷解释说："世人评论祖士少开朗，我也认为他通达开朗。"

一三三

【原文】

谢公云："长史①语甚不多，可谓有令音②。"

【注释】

①长史：指王濛。王濛善清谈，谈论简练且抑扬顿挫。
②令音：优美的言辞。

【译文】

谢安说："长史的话不是很多，可以说是言辞优美。"

一三四

【原文】

谢镇西道敬仁①："文学②镞镞③，无能不新。"

【注释】

①敬仁：王脩，字敬仁，是王濛的儿子，起家著作郎、琅邪王文学（文学是官名，王国置文学，掌校典籍，侍奉文章），有异才，为时贤所重。

②文学：辞章才学。

③铩铩：形容突出。

【译文】

镇西将军谢尚评论王敬仁："他的辞章修养非常杰出，如果没有才能就不会有新意。"

一三五

【原文】

刘尹道江道群："不能言而能不言①。"

【注释】

①能不言：指能以不言胜人。

【译文】

丹阳尹刘惔称道江道群："虽然他不擅长清谈，却善于不发言。"

一三六

【原文】

林公云:"见司州警悟①交至,使人不得住,亦终日忘疲。"

【注释】

①警悟:机敏、灵悟。

【译文】

支道林说:"看到王司州的机敏和灵悟递相呈现出来的时候,真令人不愿停下来,听一整天也不觉得疲劳。"

一三七

【原文】

世称苟子①秀出,阿兴②清和。

【注释】

①苟子:王脩,字敬仁,小名苟子。
②阿兴:王蕴,字叔仁,小名阿兴,是王脩的弟弟。

【译文】

世人称赞苟子优秀杰出,阿兴清朗平和。

一三八

【原文】

简文云:"刘尹茗柯①有实理。"

【注释】

①茗柯:柯,宋人校记说一作"打",又作"汀"。茗汀,是连绵词,即酩酊、懵懂。按,这句是说刘惔表面像是糊涂,而谈理却很有道理。

【译文】

简文帝说:"刘尹貌似糊涂的样子,而实际上说起话来却很有道理。"

一三九

【原文】

谢胡儿作著作郎,尝作《王堪传》。①不谙②堪是何似③人,咨谢公。谢公答曰:"世胄④亦被遇。堪,烈之子,阮千里姨兄弟,潘安仁中外⑤,安仁诗所谓'子亲伊姑,我父唯舅⑥'。是许允婿。"

【注释】

①"谢胡儿"句:这句话是说谢朗在著作郎任上时要撰写一篇

名臣传,所以谢朗虽不熟悉王堪,但也要写他的传记。谢胡儿,谢朗,小名胡儿,谢安的侄儿。

②谙:熟悉。

③何似:何如。

④世胄:王堪,字世胄,曾任车骑将军,后被害,追赠太尉。

⑤中外:中表,指中表兄弟。

⑥"子亲"两句:大意指你的母亲是我的姑母,我的父亲是你的舅舅。"伊""唯"都是加强肯定的助词。按,谢安所以遍举姻亲,是因为晋代重视婚姻门第。

【译文】

谢胡儿担任著作郎一职时,曾经写过一篇《王堪传》。他不熟悉王堪是什么样的人,就去询问谢安。谢安回答说:"世胄也曾受到过君主的重用。王堪是王烈的儿子,是阮千里的姨表兄弟,潘安仁的姑表兄弟,就是潘安仁诗里所说的'子亲伊姑,我父唯舅'。他是许允的女婿。"

一四〇

【原文】

谢太傅重邓仆射①,常言:"天地无知②,使伯道无儿。"

【注释】

①邓仆射:邓攸,字伯道,后官至尚书左仆射。渡江避难途中为了保全弟弟的儿子,抛弃了自己的儿子,以至绝了后代。

②无知:没有知觉。

【译文】

太傅谢安很敬重左仆射邓伯道,时常说:"天地没有长眼睛,竟然使伯道没有儿子。"

一四一

【原文】

谢公与王右军书曰:"敬和①栖托②好佳。"

【注释】

①敬和:王洽,字敬和,是王导的儿子中最知名的。曾任建武将军,多国内史,不久加中书令,和晋穆帝关系密切。
②栖托:安身,寄托。

【译文】

谢安给右军将军王羲之的信中说:"敬和安身之地绝好。"

一四二

【原文】

吴四姓①旧目云:"张文,朱武,陆忠,顾厚。"

【注释】

①吴四姓:吴郡有张、朱、陆、顾四姓,三国时,四姓人才兴旺。

【译文】

对吴郡四姓,过去的评论是说:"张家出文人,朱家出武官,陆家忠诚,顾家敦厚。"

一四三

【原文】

谢公语王孝伯①:"君家蓝田②,举体③无常人事。"

【注释】

①王孝伯:王恭,字孝伯。
②蓝田:指蓝田县侯王述(字怀祖)。王述最性急,年轻时却性沉静,因而有人认为其痴愚。他和王孝伯同族。
③举体:全身。

【译文】

谢安对王孝伯说:"你们家的蓝田,全身没有一点儿世俗气味。"

一四四

【原文】

许掾①尝诣简文,尔夜风恬月朗,乃共作曲室②中语。襟怀之咏,偏是许之所长,辞寄③清婉,有逾平日。简文虽契素④,此遇尤相咨嗟,不觉造膝⑤,共叉手⑥语,达于将旦。既而曰:"玄度才情,故未易多有许。"

【注释】

①许掾:许询,字玄度。
②曲室:密室。
③辞寄:言辞,寄托。
④契素:情意相投。
⑤造膝:两个人膝相接,表示亲近。
⑥叉手:交手,执手。

【译文】

许玄度曾经去拜见简文帝,那一夜风静月朗,于是他们二人就一起到密室中清谈。作诗抒发胸怀,这是许玄度最擅长的,他的言辞和寄情托意都清新婉约,超过了平时的言谈。简文帝虽然一向和他情趣相投,这次会面却更加欣赏他,言谈中二人不觉愈靠愈近,促膝相谈,执手共语,一直谈到天快亮了。事后简文帝说:"像玄度这样的才华,确实是不易多得啊!"

一四五

【原文】

殷允①出西,郗超与袁虎书云:"子思求良朋,托好②足下,勿以开美③求之。"世目袁为"开美",故子敬诗曰:"袁生开美度。"④

【注释】

①殷允：字子思，故下文直称他为子思。

②托好：交好。

③开美：开朗美好。按，袁虎是一代文宗，有超群之才，文章绝美，且性格刚强正直。

④"故子敬"句：子敬是王献之的字。这句诗大意指袁虎有开美的气度。

【译文】

殷允到京都去，郗超写信给袁虎说："子思要寻求好朋友，因而想与您结交，请不要用开美这样的标准来要求他。"世人评论袁虎为"开美"，所以王子敬有诗说："袁生开美度。"

一四六

【原文】

谢车骑问谢公："真长性至峭①，何足乃重？"答曰："是不见耳②！阿见子敬，尚使人不能已③。"

【注释】

①峭：严厉。

②是不见耳：按，刘真长逝世时，谢玄还是幼年，所以没见过。谢安以为谢玄没见过刘真长，所以这样说。

③"阿见"句：这句话指对王子敬尚且敬重，何况是对刘真长呢。阿，我。

【译文】

车骑将军谢玄问谢安道:"真长的性情极为严厉,哪里值得如此敬重他?"谢安回答说;"你是没见过他罢了。我看见子敬,还使人情不自禁呢。"

一四七

【原文】

谢公领中书监①,王东亭②有事,应同上省。王后至,坐促,王、谢虽不通③,太傅犹敛膝容之。王神意闲畅,谢公倾目④。还谓刘夫人曰:"向见阿瓜⑤,故自未易有,虽不相关,正是使人不能已已⑥。"

【注释】

①中书监:官名,掌管机要,是中书省的长官。

②王东亭:王珣,字元琳,是王导的孙子,封东亭侯。曾任黄门侍郎。

③"王、谢"句:王珣兄弟原为谢家女婿,后来两家有了摩擦,便绝婚,最终成了仇家。

④倾目:斜着眼睛看,等于注目。

⑤阿瓜:指王珣,他的小名一是法护,一是阿瓜。

⑥已已:第一个"已",解为停止;第二个"已"是语气词,用法同"矣"。

【译文】

谢安兼任中书监时,东亭侯王珣有公事,照例应当同他一起坐车赴中书省。王珣来晚了，由于座位狭窄，王、谢两家虽然互不来往，太傅谢安还是收紧腿留出地方给王珣坐。王珣神态闲适自在，使得谢安对他倾心注目。后来谢安回到家里对妻子刘夫人说："刚才看见阿瓜，确实是个不易得的人物，虽然和他不相关了，但还是使人心情不能平静下来。"

一四八

【原文】

王子敬语谢公："公故萧洒①。"谢曰："身不萧洒。君道身最得，身正自调畅②。"

【注释】

①萧洒：同"潇洒"，豁达不拘束的样子。
②调畅：指精神和适，心情舒畅。

【译文】

王子敬对谢安说："您的风度确实潇洒。"谢安说："我并不潇洒。您说您自己最为恰当，我只是襟怀和适、舒畅。"

一四九

【原文】

谢车骑初见王文度①，曰："见文度，虽萧洒相遇，其复恰恰②竟夕。"

【注释】

①王文度：王坦之，字文度，反对世俗的放纵和不学儒学的风气。

②愔愔（yīn yīn）：安详和悦的样子。

【译文】

车骑将军谢玄初次见到王文度，对人说："我觉得王坦之这人，即使用潇洒的态度来对待他，但他也仍旧整晚态度温和，举止安详。"

一五〇

【原文】

范豫章谓王荆州①："卿风流俊望②，真后来之秀。"王曰："不有此舅，焉有此甥！"

【注释】

①"范豫章"句：王荆州的母亲是范豫章的妹妹，所以王称范为舅。范豫章，范宁，曾任豫章太守。王荆州，王忱，曾任荆州刺史。

②风流俊望：风雅，有很高的声望。

【译文】

豫章太守范宁对荆州刺史王忱说："你很风雅，名望很高，真是后起之秀。"王忱说："如果没有您这样的舅舅，哪里会有我这样的外甥！"

一五一

【原文】

子敬与子猷书①道："兄伯②萧索③寡会④，遇酒则酣畅忘反，乃自可矜。"

【注释】

①"子敬"句：王献之，字子敬，其兄王徽之，字子猷，二人都是王羲之的儿子。子猷有才而放荡不羁，做官而不管事。
②兄伯：哥哥。
③萧索：淡漠。
④寡会：寡合，与人不易投合。

【译文】

王子敬给王子猷的信中说："兄长为人淡泊，不随流俗，但一遇到酒便情绪饱满，思如泉滴，流连忘返，这确是值得骄傲的。"

一五二

【原文】

张天锡世雄凉州，以力弱诣京师，虽远方殊类，亦边人之杰也。①闻皇京多才，钦羡弥至。犹在渚②住，司马著作③往诣之，言容鄙陋，无可观听。天锡心甚悔来，以遐外可以自固。④

王弥⑤有俊才美誉,当时闻而造焉。既至,天锡见其风神清令,言话如流,陈说古今,无不贯悉。又谙人物氏族中来⑥,皆有证据。天锡讶服。

【注释】

①"张天锡"句:张天锡占据凉州,继承前凉政权,后投降苻坚,在苻坚的弟弟苻融手下任征南司马。到淝水之战苻坚大败时,他又逃归晋朝。所以下文说的"以力弱诣京师"并非事实,只是掩饰之辞。其次,张天锡是汉代张耳的后代,是安定郡(今甘肃省东部一带)人,并非远方殊类。雄,称雄,凭武力统治。

②渚(zhǔ):指江边码头。

③司马著作:未详,可能是姓司马、任著作郎的某人。

④"天锡"句:所谓"心甚悔来",并非事实。张天锡所占领的凉州被前秦苻坚吞并;他投降苻坚,而苻坚又大败,不得已才归顺晋朝。遐外,边远地区。

⑤王弥:王珉,小名僧弥。

⑥中来:一说当是"中表"之误。

【译文】

张天锡世代雄踞凉州,因为势力衰弱便投奔京都,他虽然属远方的异族,但也是边境地区的杰出人物。他听说京都有很多人才,钦佩、羡慕到极点。到京都,还停留在江边码头上时,司马著作便去拜访他。司马氏言语粗鄙,容貌丑陋,既不中听,也不中看。张天锡因此很后悔来此,认为凭着凉州那样的边远地区自己还可以固守下去。王僧弥才能出众,名声很好,当时听说张天锡来,就去拜访他。到那里后,张天锡看见王僧弥风度高雅秀美,言谈敏捷,说古道今,无不通晓。又熟悉各方人士宗族和亲戚关系,都有真凭实据。张天锡十分惊诧、叹服。

一五三

【原文】

王恭始与王建武①甚有情，后遇袁悦之间②，遂致疑隙。然每至兴会③，故有相思时。恭尝行散至京口④射堂，于时清露晨流，新桐初引，恭目之曰："王大故自濯濯⑤。"

【注释】

①王建武：王忱，字佛大，也叫阿大，曾任建武将军，是王恭（字孝伯）的同族叔父辈。他和王恭很要好，而且同样有名望。后来袁悦在会稽王司马道子面前责备王恭，王恭以为是王忱假手袁悦来陷害自己，两个人交情便产生裂痕。

②间（jiàn）：离间。

③兴会：兴致，指有兴致的时候。

④京口：王恭曾镇守京口。

⑤濯濯：形容有光泽，清朗。王恭看见清露、新桐，有所感，赞美王忱也是如此。《晋书·王恭传》载："恭美姿仪，人多爱悦，或目之云：'濯濯如春月柳。'"用"濯濯"来形容王恭，与这里所述不同。

【译文】

王恭当初与建武将军王忱很有交情，后来遭到袁悦的挑拨，于是就产生了隔阂。可是每到兴致勃勃时，还是会想起他。那时王恭曾服药后行散，走到京口的射堂，当时，清露在晨光中闪动，新桐初吐嫩芽，王恭触景生情，评论王忱说："王大确实清亮明朗。"

一五四

【原文】

司马太傅为二王目曰:"孝伯亭亭直上①,阿大罗罗清疏②。"

【注释】

①亭亭直上:向上,指挺拔,形容刚强正直。亭亭,形容直立。
②罗罗清疏:指清朗疏放。罗罗,形容清疏。

【译文】

太傅司马道子品评王恭和王忱说:"孝伯高高耸立向上,阿大清朗放达。"

一五五

【原文】

王恭有清辞简旨,能叙说,而读书少,颇有重出。有人道:"孝伯常有新意,不觉为烦。"

【译文】

王恭言辞清新,意思简明,善于畅谈,但是他读书少,有很多重复的地方。有人说:"王恭常有新意,使人不觉得烦闷。"

一五六

【原文】

殷仲堪丧后，桓玄问仲文①："卿家仲堪，定是何似人？"仲文曰："虽不能休明一世，足以映彻九泉。②"

【注释】

①仲文：是殷仲堪的堂弟。
②"虽不能"句：殷仲堪生前名望很高，他是被桓玄害死的，所以殷仲文的回答必须小心谨慎。休明，指德行完美光明。九泉，黄泉，阴间。

【译文】

殷仲堪死后，桓玄问殷仲文："您家的仲堪，到底是怎么样的人？"仲文回答说："他虽然不能一辈子都德行完美光明，可是也足以令九泉生辉。"

品藻第九

【题解】

品藻指评论人物高下。本篇主要是就两个人对比而论,一般是指出各有所长,只有部分条目点出高下之别。有时也会只就一个人的不同情况而论,即针对一个人的不同方面进行对比。拿记述清谈的几则来看。第四十八则记刘尹到王长史那里清谈,事后王长史的评价是"韶音令辞不如我,往辄破的胜我"。这是指出各人擅长之处。第三十九则说:"人问抚军:'殷浩谈竟何如?'答曰:'不能胜人,差可献酬群心。'"这是从不同角度说明同一人的清谈效果,其中有高下之别,但是没有显出贬损。从中可以看出品评者总是回避排斥、指责别人,都是善意的。所对比的两人多是同时代的,个别也会用古今对比。另外,条目中不一定要说出所比的内容,只说明某人跟某人相当,某人超过或不如某人,当时人大概就能了解何所指,只是后人有时很难了解是比什么。例如第十八则记:"王丞相二弟不过江,曰颖,曰敞。时论以颖比邓伯道,敞比温忠武",这里并没有指明是从哪些方面对比,也没有记述语言环境,因而就不易从中看出要点。

评论所涉及的内容也如上一篇一样很广泛,诸如品德、才学、功业、声威、风度、骨气、出仕、归隐、清谈、吟咏等,都受到重视。所记载的也是士族阶层所讲究的各个方面。

一

【原文】

汝南陈仲举、颍川李元礼二人,共论其功德,不能定先后。蔡伯喈评之曰:"陈仲举强①于犯上,李元礼严于摄②下。犯上难,摄下易。"仲举遂在"三君"之下,元礼居"八俊"之上。③

【注释】

①强:指有勇气,敢。

②摄:整饬。

③"仲举"句:陈仲举和李元礼都是东汉人,是知名大官,地位影响不相上下,时人就用某一标准决其高下。时人互相标榜,给予俊杰各种称号。上等的有三人,叫三君,即窦武、刘淑、陈蕃三个为当时所崇敬的人;次一等的有八人,叫八俊,即李膺、王畅等八个才能出众的人。所谓君,指的是能做时代楷模的人;所谓俊,指的是士人中的英俊杰出之人。

【译文】

汝南郡陈仲举、颍川郡李元礼两个人,大家共同谈论他们的成就和德行,决定不了谁先谁后。蔡伯喈评论他们说:"陈仲举敢于冒犯上司,李元礼严于整饬下属。冒犯上司难,整饬下属容易。"于是陈仲举的名次就排在三君中最后,李元礼排在八俊中最前。

二

【原文】

庞士元①至吴,吴人并友之,见陆绩、顾劭、全琮,而为之目曰:"陆子所谓驾马②有逸足③之用,顾子所谓驽牛可以负重致远。"或问:"如所目,陆为胜邪?"曰:"驾马虽精速,能致一人耳。驾牛一日行百里,所致岂一人哉?"吴人无以难。"全子好声名,似汝南樊子昭④。"

【注释】

①庞士元:庞统,字士元,辅佐蜀汉刘备。当吴国将领周瑜帮助刘备取荆州并兼任南郡太守时,庞统任功曹,名声很大。周瑜死后,庞统送丧到吴地。

②驾马:劣马,跑不快的马,是对比"千里马"所说的。

③逸足:疾足,捷足。此指代步。

④樊子昭:刘晔评论他是"退能守静,进不苟竞"的人,指闲居时能安于清静、保持节操,做官时不随便争夺。按,"全子"一句也是庞士元的评论。

【译文】

庞士元到了吴地,吴地的士人都与他交朋友。他见到陆绩、顾劭、全琮三人,就对他们三人加以评论说:"陆君可以说是能够用来代步的驾马,顾君可以说是能够驾车载重物、走远路的驾牛。"有人问道:"真像你的评语那样,是陆君胜过顾君吗?"庞士元说:"驾马就算跑得很快,也只能载一个人罢了;驾牛一天走一百里,可是它所运载的难道只一个人吗?"吴人没话反驳他。"全君有很好的名声,像汝南郡樊子昭。"

三

【原文】

顾劭尝与庞士元宿语,问曰:"闻子名知人,吾与足下孰愈?"曰:"陶冶世俗,与时浮沉①,吾不如子;论王霸②之余策③,览倚仗④之要害,吾似有一日之长⑤。"劭亦安其言。

【注释】

①"陶冶"句:按,《三国志·蜀书七·庞统传》注,这句作"陶冶世俗,甄综人物,吾不及卿"。陶冶,熏陶;给予良好的影响。与时浮沉,跟着时代、世俗走,指能顺应潮流。

②王霸:王道和霸道,指用仁义治天下和用武力治天下的策略。

③余策:遗策,前代留下的策略。

④倚仗:一本作"倚伏",《庞统传》注也作"倚伏"互相依存、制约。《老子》五十八章说:"祸兮,福之所倚;福兮,祸之所伏。"

⑤有一日之长:这里指擅长些。

【译文】

顾劭曾经和庞士元一同住宿夜谈,他问庞士元说:"听说您因善于鉴识人才而闻名,我与您两人谁更强些?"庞士元说:"移风易俗,顺应潮流,这点我比不上您;至于谈论历代帝王统治的策略,掌握事物因果变化的要害,这方面我似乎比你稍强一些。"顾劭也认为他的话妥当。

四

【原文】

诸葛瑾、弟亮及从弟诞①,并有盛名,各在一国。于时以为蜀得其龙②,吴得其虎,魏得其狗。诞在魏,与夏侯玄齐名;瑾在吴,吴朝服其弘量。

【注释】

①"诸葛"句:三国时,诸葛瑾在吴国,任大将军兼豫州牧;诸葛亮在蜀国,任丞相;诸葛诞在魏国,任征东大将军,并被召为司空。三人名望都很大。

②"于时"句:龙、虎、狗,只是表明才智品德等级不同,虎低于龙,狗低于虎。《尔雅·释兽》说"熊虎丑,其子狗",即狗是熊虎幼子。

【译文】

诸葛瑾与弟弟诸葛亮以及堂弟诸葛诞都享有很高的名望,各自在一国任职。当时,人们认为蜀国得到了其中的龙,吴国得到了其中的虎,魏国得到了其中的狗。诸葛诞在魏国,和夏侯玄齐名;诸葛瑾在吴国,吴国朝廷官员佩服他的宽宏大量。

五

【原文】

司马文王问武陔:"陈玄伯①何如其父司空?"陔曰:"通

雅博畅②,能以天下声教③为己任者,不如也;明练简至④,立功立事,过之。"

【注释】

① "陈玄伯"句:陈泰,字玄伯,其父陈群,任司空。
② 通雅博畅:通达正直,渊博流畅。
③ 声教:声威和教化。
④ 明练简至:明察精练,简约扼要。

【译文】

晋文帝司马昭问武陔:"陈玄伯与他父亲相比怎么样?"武陔说:"说到通雅博畅,能在全国负责树立君主的声威和推行教化这方面,不如他父亲;至于精明干练、简要周到、建功立业这方面,超过他父亲。"

六

【原文】

正始①中,人士比论,以五荀方②五陈;荀淑方陈寔,荀靖方陈谌,荀爽方陈纪,荀彧方陈群,荀顗方陈泰。又以八裴方八王:裴徽方王祥,裴楷方王夷甫,裴康方王绥,裴绰方王澄,裴瓒方王敦,裴遐方王导,裴頠方王戎,裴邈方王玄。

【注释】

① 正始:魏齐王曹芳的年号。
② 方:相比,并列。

【译文】

正始年间,知名人士品评人物,以荀氏家族中的五位和陈氏家族中的五位相比:荀淑比陈寔,荀靖比陈谌(chén),荀爽比陈纪,荀彧(yù)比陈群,荀顗(wěi)比陈泰。又拿裴氏家族中的八位和王氏家族中的八位相比:裴徽比王祥,裴楷比王夷甫,裴康比王绥,裴绰比王澄,裴瓒比王敦,裴遐比王导,裴頠比王戎,裴邈比王玄。

七

【原文】

冀州刺史杨淮①二子乔与髦,俱总角为成器②。淮与裴頠、乐广友善,遣见之。頠性弘方③,爱乔之有高韵④,谓淮曰:"乔当及卿,髦小减也。"广性清淳⑤,爱髦之有神检⑥,谓淮曰:"乔自及卿,然髦尤精出。"淮笑曰:"我二儿之优劣,乃裴、乐之优劣。"论者,以为乔虽高韵,而检不匝⑦;乐言为得。然并为后出之俊。

【注释】

①杨淮:应作"杨准"。

②成器:有成就的人才。

③弘方:宽宏正直。

④高韵:高雅的风度。

⑤清淳:清廉淳厚。

⑥神检:高贵的品德修养。

⑦而检不匝：《晋书·乐广传》作"而神检不足"，检就是神检。匝（zā），周，圈，这里指完满，周全。

【译文】
冀州刺史杨淮的两个儿子杨乔和杨髦，都是在童年时就成才了。杨淮和裴颜、乐广两个人关系很好，就让两个儿子去拜见他们。裴颜禀性宽宏正直，所以喜欢杨乔那种高雅的风度，他对杨淮说："杨乔将会赶上你，杨髦稍差一点。"乐广禀性清廉淳厚，所以喜欢杨髦那种高贵的品德，他对杨淮说："杨乔自然能赶上你，可是杨髦更会高出你一头。"杨淮笑道："我两个儿子的长处和短处，就是裴颜、乐广的长处和短处。"评论家评论这两个人的看法，认为杨乔虽然风度高雅，可是品德修养还不够完美，还是乐广的话说对了。不过这两个孩子都是后起之秀。

八

【原文】
刘令言始入洛，见诸名士而叹曰："王夷甫太解明①，乐彦辅我所敬，张茂先我所不解，周弘武巧于用短，杜方叔拙于用长。"

【注释】
①解明：精明。《晋书·刘讷传》此句作"王夷甫太鲜明"（鲜明，义同精明）。《晋书·王衍传》说王衍（字夷甫）"有盛才美貌，明悟若神"，这大概就是鲜明的内容。

【译文】

刘令言刚到洛阳时,见到众多名士,就感慨地说:"王夷甫过于精明,乐彦辅是我所崇敬的人,张茂先是我所不理解的人,周弘武能巧妙地使用自己的短处,杜方叔则不善于发挥自己的长处。"

九

【原文】

王夷甫云:"闾丘冲优于满奋、郝隆①。此三人并是高才,冲最先达②。"

【注释】

①郝隆:《晋书·郗隆传》作"郗隆"。
②先达:优秀显贵。

【译文】

王夷甫说:"闾丘冲比满奋和郝隆好。这三个人同是优秀的人才,闾丘冲是其中最优秀显达的。"

一〇

【原文】

王夷甫以王东海比乐令,故王中郎①作碑云:"当时标榜②，为乐广之俪③。"

【注释】

①王东海：王承，字安期，曾任东海郡太守。王中郎：王坦之，曾任北中郎将，王承的孙子。

②标榜：赞扬，宣扬。

③俪：成对的。

【译文】

王夷甫把东海太守王承和尚书令乐广并列，所以北中郎将王坦之给王承写的碑文上说："当时称扬他和乐广并列。"

——

【原文】

庾中郎与王平子雁行①。

【注释】

①"庾中郎"句：按，王衍曾评论说："阿平第一，子嵩第二，处仲第三。"可是庾子嵩以为王平子和王处仲比不上自己。后来王平子、王处仲一死一败，只有庾子嵩的名声依旧。庾中郎，庾敳，字子嵩，曾任太傅从事中郎。雁行，飞雁的行列，指如飞雁一样并列有序，同等。

【译文】

从事中郎庾子嵩和王平子并列齐名，不分高下。

一二

【原文】

王大将军在西朝时①,见周侯辄扇障面不得住。后度江左,不能复尔。王叹曰:"不知我进,伯仁退?"

【注释】

①"王大将军"句:按,沈约《晋书》载:"周顗(yǐ),王敦素惮之,见辄面热,虽复腊月,亦扇面不休。其惮如此。"所记和这里稍有不同。"辄扇障面"疑即"辄扇面","障"字是衍文。王敦在洛阳时畏惧周顗,过江后逐渐踌躇满志,就不再怕了。西朝,指晋室还没有南渡的时代,即西晋时代。

【译文】

大将军王敦在西晋时,每次见到武城侯周伯仁,总是不停地要拿扇子扇风。后来到了江南,就不会这样了。王敦叹道:"不知是我有了长进,还是伯仁退步了?"

一三

【原文】

会稽虞䬠①,元皇时与桓宣武同侠②,其人有才理胜望③。王丞相尝谓䬠曰:"孔愉有公才而无公望④,丁潭有公望而无公才,兼之者其在卿乎?"䬠未达⑤而丧。

【注释】

①虞㻛（féi）：字思行，历任吴兴太守、金紫光禄大夫。

②同侠：据余嘉锡《世说新语笺疏》说"同侠盖同僚之误"，同僚指二人同在一个官署任职。按，《晋书·虞㻛传》载，虞㻛和桓宣武（桓温）的父亲宣城太守桓彝俱为吏部郎，交情很好。如此，则桓宣武应为桓宣城。

③胜望：美好的声望。

④公才、公望：三公的才能、三公的名望。

⑤达：显贵。按，当时人的议论认为虞㻛可以做丞相，而他最终未能登上三公之位就死了，所以有人为他称屈。

【译文】

会稽郡虞㻛，晋元帝时和桓温是同僚，这人既有才思，声望又很高。丞相王导曾经对他说过："孔愉有才思，却没有您的名望；丁潭有名望，却没有您的才能；这两方面兼而有之的，大概就是你吧！"（然而）虞㻛还没有登上高位就死了。

一四

【原文】

明帝问周伯仁："卿自谓何如郗鉴？"周曰："鉴方臣，如有功夫①。"复问郗，郗曰："周颛比臣，有国士②门风③。"

【注释】

①功夫：功力，素养。

②国士：一国的杰出人物。

③门风：家风。

【译文】

晋明帝问周𫖮："你自己认为你与郗鉴相比，怎么样？"周𫖮说："郗鉴与臣相比，他似乎更有修养。"明帝又问郗鉴，郗鉴说："周𫖮和臣相比，他有国士家风。"

一五

【原文】

王大将军下，庾公问："闻卿有四友，何者是？"答曰："君家中郎、我家太尉、阿平、胡毋彦国①。阿平故当最劣。"庾曰："似未肯劣。"庾又问："何者居其右②？"王曰："自有人。"又问："何者是？"王曰："噫！其自有公论。"左右蹑公③，公乃止。

【注释】

①"君家"句：中郎等四人即庾敳、王衍、王澄、胡毋辅之四人。阿平指王澄，字平子。

②其右：其上。按，古人以右边为尊位。

③"左右"句：按，王敦不肯说出谁居右，因为他以为自己居右。庾亮似乎没有领会王敦的意思，而且也瞧不起王敦，王手下的人便踩他的脚，示意他不要再问。

【译文】

大将军王敦从武昌东下建康后，庾亮问他："听说你有四位朋友，他们都是哪几位？"王敦答道："您家的中郎，我家的太尉、阿平和胡毋彦国。阿平在其中该当是最差的。"庾亮说:"好像他还不会同意他是最差的。"庾亮又问:"哪一位更出众?"王敦说:"自然有人。"又追问:"是哪一位?"王敦说:"唉!自然会有公论吧。"手下的人踩了一下庾亮的脚,庾亮才没有再问下去。

一六

【原文】

人问丞相:"周侯何如和峤①?"答曰:"长舆嵯蘖②。"

【注释】

①和峤:字长舆。
②嵯蘖(cuó niè):即"嵯峨",形容高峻。

【译文】

有人问丞相王导:"周颉与和峤相比怎么样?"王导回答说:"长舆像高山屹立。"

一七

【原文】

明帝问谢鲲①:"君自谓何如庾亮?"答曰:"端委②庙堂③,使百僚准则,臣不如亮;一丘一壑④,自谓过之。"

【注释】

①谢鲲:是个放荡不羁的人,很有名望,舆论界把他和庾亮并

提。曾任王敦的长史，知王敦将谋反，便纵酒作乐，不管政事。他随王敦到京都，入朝，当时明帝还是太子，在东宫接见了他，二人做了长时间的交谈。

②端委：礼服，这里指穿着礼服。

③庙堂：朝廷。

④一丘一壑：指山水胜境，比喻寄情山水，隐处岩壑。

【译文】

晋明帝问谢鲲："您自己认为与庾亮相比，怎么样？"谢鲲回答说："用礼制整饬朝廷，使百官效仿，这方面，我不如庾亮；至于寄情于山水的志趣，自以为超过他。"

一八

【原文】

王丞相二弟不过江①，曰颖，曰敞。时论以颖比邓伯道，敞比温忠武②，议郎、祭酒者也。

【注释】

①"王丞相"句：王导的两个弟弟年少时跟王导一样都很有名，王颖曾被任命为议郎（掌管顾问应对），王敞曾被召为丞相祭酒（三公的属官），没有到任。两个人都死于晋室南渡以前，所以称不过江。

②温忠武：温峤，谥忠武。

【译文】

丞相王导有两个弟弟没有到江南来，一个叫王颖，一个叫王敞。当时的舆论把王颖和邓伯道并列,把王敞和温忠武并列,他们二人分别适合担任议郎和祭酒。

一九

【原文】

明帝问周侯:"论者以卿比郗鉴,云何?"周曰:"陛下①不须牵颉比。"

【注释】

①陛下:按,陛下是对君主的尊称,周顗死后,明帝才即位,故周顗不会称他为陛下。

【译文】

晋明帝问武城侯周顗:"议论者拿你和郗鉴相比,你认为怎么样?"周顗说:"陛下无须拿周顗来相比。"

二〇

【原文】

王丞相云:"顷下论以我比安期、千里①,亦推此二人;唯共推太尉②,此君特秀。"

【注释】

①"顷下"句:按,余嘉锡《世说新语笺疏》引证《太平御

览》,"顷下"作"洛下",这是对的。洛下,指洛阳。安期,王承,字安期。千里,阮瞻,字千里。

②太尉:指王夷甫。

【译文】

丞相王导说:"洛阳的舆论把我与安期、千里相提并论,我也推崇这两个人。希望大家共同推重太尉,因为他特别优秀杰出。"

二一

【原文】

宋袆曾为王大将军妾,后属谢镇西①。镇西问袆:"我何如王?"答曰:"王比使君,田舍、贵人耳。"镇西妖冶故也。

【注释】

①谢镇西:谢尚。谢尚曾为南中郎将,兼任江州刺史,后调为西中郎将、豫州刺史,再升为镇西将军。下文称谢尚为使君,可见此事发生在他任刺史之时,因为州郡长官才称使君。其次,据余嘉锡《世说新语笺疏》说,宋袆属谢尚时年已老,大概是因善吹笛,故谢尚取之以教歌伎。

【译文】

宋袆曾经是大将军王敦的侍妾,后来又归属镇西将军谢尚。谢尚问宋袆:"我比王敦怎么样?"宋袆回答说:"王氏和使君相比,不过是乡巴佬比大贵人罢了。"这是谢尚容貌艳丽的缘故。

二二

【原文】

明帝问周伯仁:"卿自谓何如庾元规①?"对曰:"萧条②方外③,亮不如臣;从容④廊庙,臣不如亮。"

【注释】

①庾元规:庾亮,字元规。按,这一则和上文第十七则义相近。
②萧条:逍遥自在。
③方外:世外。
④从容:指周旋应付。

【译文】

晋明帝问周伯仁:"你自认为和庾元规相比,谁更强些?"周伯仁回答说:"说到退隐山林、逍遥世外,庾亮比不上我;至于周旋于朝廷之上,我比不上庾亮。"

二三

【原文】

王丞相辟王蓝田为掾,庾公问丞相:"蓝田何似?"王曰:"真独①简贵,不减父祖,旷然澹处②,故当不如尔。"

【注释】

①独：指独特，与众不同。

②旷澹：旷达，不求名利。

【译文】

丞相王导征召蓝田侯王述为属官，庾亮问王导："蓝田这个人怎么样？"王导说："这个人真率突出，简约尊贵，这点不比他父亲、祖父差，可是心胸开阔、淡泊名利这方面自然还是比不上他们的呀。"

二四

【原文】

卞望之云："郗公①体中有三反：方②于事上，好下佞③己，一反；治身④清贞⑤，大修计校⑥，二反；自好读书，憎人学问，三反。"

【注释】

①郗公：郗鉴。

②方：正直。

③佞：谄媚。

④治身：修身，加强身心修养。

⑤清贞：清廉，有节操。

⑥计校：计较，计算。这里指对财物斤斤计较。

【译文】

卞望之说:"郗公身上有三件相互矛盾的事:侍奉皇上很正直,却喜欢下属奉承自己,这是第一个矛盾;很注意加强清廉节操方面的修养,却非常喜欢计较财物得失,这是第二个矛盾;自己喜欢读书,却讨厌别人做学问,这是第三个矛盾。"

二五

【原文】

世论温太真①是过江第二流之高者。时名辈共说人物,第一将尽之间,温常失色。

【注释】

①温太真:温峤,字太真,忠诚帝室,功业显著。

【译文】

世人评论温太真是从江北来的第二流人物中的佼佼者。当时,名流们在一起品评人物,第一等人快要举完的时候,温太真经常紧张得脸色发白。

二六

【原文】

王丞相云:"见谢仁祖,恒令人得上。①"与何次道语,唯举手指地曰:"正自尔馨。②"

【注释】

①"见谢"句:余嘉锡以为"此言见谢尚之风度,令人意气超拔"。

②"正自"句:从《赏誉》第六则、第九则可以看出,王导一向推重何次道,对他的意见多数赞同,所以会这样说。尔馨,这样。

【译文】

丞相王导说:"见到谢仁祖,常常能够使人意气超脱凡俗,积极向上。"与何次道谈话时,他只是用手指着地说:"正是如此。"

二七

【原文】

何次道①为宰相,人有讥其信任不得其人。阮思旷慨然曰:"次道自不至此。但布衣超居宰相之位②,可恨唯此一条而已。"

【注释】

①何次道:按,《晋书·何充传》,何充"所昵庸杂,信任不得其人"。

②"但布衣"句:何充早就历任显官,而阮思旷仍说他是布衣超居宰相,这是出于门阀观念,因为何充不是出身名门望族。超,指超迁,越级提升。

【译文】

何次道担任宰相以后,有人指责他信任了不该信任的人。阮思旷很感慨地说:"次道自然不会做到这一步。只不过是一个平民越级提到了宰相的地位,可遗憾的就是这一点而已。"

二八

【原文】

王右军少时,丞相云:"逸少何缘①复减万安②邪?"

【注释】

①何缘:缘何,凭什么。
②万安:刘绥,字万安。

【译文】

右军将军王羲之逸少年轻时,丞相王导说:"逸少为什么还不如万安呢!"

二九

【原文】

郗司空家有伧奴①,知及文章,事事有意。王右军向刘尹称之,刘问:"何如方回②?"王曰:"此正小人有意向耳,何得便比方回?"刘曰:"若不如方回,故是常奴耳。"

【注释】

①伧奴：指奴仆是北方人。

②方回：郗愔，字方回，是司空郗鉴的儿子，淳朴沉静，历任会稽内史、徐兖二州刺史、司空。

【译文】

司空郗鉴家有个北方籍的奴仆，懂得文章，对什么事都有一些见识。右军将军王羲之对丹阳尹刘惔称赞他，刘惔问道："和方回相比，怎么样？"王羲之说："这只是个有那么点志向的小人罢了，哪里就能和方回相比！"刘惔说："如果比不上方回，那仍旧是个普通的奴仆罢了。"

三〇

【原文】

时人道阮思旷："骨气①不及右军，简秀②不如真长，韶润③不如仲祖，思致④不如渊源，而兼有诸人之美。"

【注释】

①骨气：刚直的气概。《晋书·王羲之传》称右军将军王羲之"以骨鲠称，尤善隶书"。

②简秀：简约内秀。《晋书·刘惔传》说刘真长性简贵、雅善言理、为政清整。

③韶润：指品性华美柔润。

④思致：才思和韵味。

【译文】

当时人称道阮思旷:"他的骨气比不上王右军,简约杰出比不上刘真长,华美柔润比不上王仲祖,才思韵味比不上殷渊源,可是却兼有这几个人的长处。"

三一

【原文】

简文云:"何平叔①巧累于理,嵇叔夜②俊伤其道。"

【注释】

①何平叔:何晏,字平叔,是唯心主义玄学的一个代表人物。
②嵇叔夜:嵇康,字叔夜,有奇才,志趣不凡,喜好道学。

【译文】

简文帝说:"何平叔的精巧言辞,牵累到他所说的道理,没有很大说服力;嵇叔夜的奇才妨害了他的主张,使其主张得不到实现。"

三二

【原文】

时人共论晋武帝出齐王之与立惠帝①,其失孰多。多谓立惠帝为重。桓温曰:"不然。使子继父业②,弟承家祀,有何不可?"

【注释】

①"时人"句：晋武帝和齐王都是晋文帝的儿子。武帝即位后，立皇子司马衷为太子（后来继位为惠帝），封其弟司马攸为齐王。齐王后任司空，参与朝政，声望很高。这时武帝的宠臣荀勖、冯䌷看到太子无能，惧怕司马攸将来会继承帝位而对自己不利，就向武帝进谗言，要武帝逼令齐王离开京都，回到自己的封国去，以确保太子的继承权。齐王忧愤而死。

②"使子继"句：桓温是东晋人，评价西晋的得失，他以为出齐王和立惠帝两事，从礼制上说，都是天经地义的。承家祀，指接续王国的祭祀，即回到王国去。

【译文】

当时人们都评论晋武帝令齐王归国和确立惠帝的太子地位两件事，哪一件事失误更大。多数人认为确立惠帝为太子这事失误最大。桓温说："不是这样，让儿子继承父亲的事业，让弟弟治理王国，有什么不行！"

三三

【原文】

人问殷渊源："当世王公①以卿比裴叔道，云何？"殷曰："故当以识通暗处②。"

【注释】

①王公：王侯公卿，指显贵。

②"故当"句：殷渊源和裴叔道这两个人都擅长清言，这句是说明二人的共同点。

【译文】

有人问殷渊源："当代的显贵把你比作裴叔道，你认为怎么样？"殷渊源说："这自然是因为都能用见识疏通疑义。"

三四

【原文】

抚军①问殷浩："卿定何如裴逸民？"良久答曰："故当胜耳。"

【注释】

①抚军：简文帝司马昱，他未登位时任抚军大将军。

【译文】

抚军问殷浩："你与裴逸民相比，到底怎么样？"殷浩过了很久才回答说："自然超过他了呀。"

三五

【原文】

桓公少与殷侯①齐名，常有竞心。桓问殷："卿何如我？"殷云："我与我周旋久，宁作我。②"

【注释】

①殷侯：指殷浩。侯是敬称，等于"君"。

②"我与"句：《晋书·殷浩传》作"我与君周旋久，宁作我也"。殷浩并不看重桓温，既不甘退让，又不愿和他竞争，所以这样说。

【译文】

桓温年轻时与殷浩同样有名望，所以常常有一种争胜之心。桓温问殷浩："你与我相比，谁强些？"殷浩回答说："我和自己相处了很久，我宁愿做我自己。"

三六

【原文】

抚军问孙兴公："刘真长何如？"曰："清蔚简令。""王仲祖何如？"曰："温润恬和①。""桓温何如？"曰："高爽迈出。""谢仁祖何如？"曰："清易令达②。""阮思旷何如？"曰："弘润通长③。""袁羊何如？"曰："洮洮④清便⑤。""殷洪远⑥何如？"曰："远有致思⑦。""卿自谓何如？"曰："下官才能所经，悉不如诸贤。至于斟酌时宜，笼罩当世，亦多所不及。然以不才，时复托怀玄胜⑧，远咏《老》《庄》，萧条高寄⑨，不与⑩时务经怀，自谓此心无所与让也。"

【注释】

①温润恬和：温和柔顺、恬静平和。王仲祖为"韶润"。

②清易令达：清廉平易、善良通达。《晋书·谢尚传》说，谢尚（字仁祖）不拘小节，不为流俗之事，为政清简。

③弘润通长：《晋书·阮裕传》说，阮裕（字思旷）以礼让为先，以德行知名，有归隐之志，不为宠辱动心。虽不博学，而论难甚精。许多方面虽不及别人，但兼有众人之美。弘润，指心地宽大，品性柔润。通长，指才思精深广阔。

④洮洮：同"滔滔"，形容论说滔滔不绝。

⑤清便（pián）：谓清通条畅。

⑥殷洪远：是殷浩的叔父殷融，善清言。

⑦致思：同"思致"，新颖的思想和情趣。

⑧玄胜：指玄妙的、超越世俗的境界，即玄理或老庄之道。

⑨高寄：寄情高远，实指隐居。

⑩与：同"以"。按，孙兴公（即孙绰）少有高志，早年住在会稽，游放山水十多年。

【译文】

抚军司马昱问孙兴公："刘真长怎么样？"孙兴公回答说："他清高有才思，禀性简约而美好。"又问："王仲祖怎么样？"孙回答："他温和柔顺，安适和畅。""桓温怎么样？"孙说："高尚爽朗，神态超逸。""谢仁祖怎么样？"孙说："清廉平易，美好通达。""阮思旷怎么样？"孙说："宽大柔润，精深广阔。""袁羊怎么样？"答："谈吐清雅，滔滔不绝。""殷洪远怎么样？"答："大有新颖的思想情趣。""你认为你自己怎么样？"孙兴公说："下官才能所擅长的事，全部比不上诸位贤达；至于考虑时势的需要，全面把握时局，这也大多赶不上他们。可是以我这个没有才能的人而论，还时常寄怀于超脱的境界，咏唱古代的《老子》、《庄子》，逍遥自在，寄情高远，不让世事打扰自己的心志，我自认为这种胸怀是没有什么可推让的。"

三七

【原文】

桓大司马下都,问真长曰:"闻会稽王①语奇进,尔邪?"刘曰:"极进,然故是第二流中人耳!"桓曰:"第一流复是谁?"刘曰:"正是我辈耳。"

【注释】

①会稽王:指简文帝司马昱,登位前封为会稽王。他喜欢清谈,刘真长是他的谈客。

【译文】

大司马桓温到京都后,问刘真长道:"听说会稽王的清谈有了出人意料的长进,是这样吗?"刘真长说:"是有非常大的长进,但仍旧是第二流中的人物罢了!"桓温说:"第一流的人物又是谁呢?"刘真长说:"正是我们这些人呀!"

三八

【原文】

殷侯既废①,桓公语诸人曰:"少时与渊源共骑竹马,我弃去,已辄取之,故当出我下。"

【注释】

①"殷侯"句:殷浩曾任中军将军、都督五州军事,北征时大

败。桓温一向忌妒他，就乘机上奏章请求惩办他，结果他被废为庶人。

【译文】

殷浩被废为庶人后，桓温对大家说："小时候我与渊源一道骑竹马玩，我骑过后扔掉的竹马，他总是把它拿去骑，所以他本就不如我。"

三九

【原文】

人问抚军："殷浩谈竟何如？"答曰："不能胜人，差①可献酬②群心。"

【注释】

①差：比较地，大体上。
②献酬：本指主人一再给宾客敬酒，这里指应酬。

【译文】

有人问抚军司马昱："殷浩的清谈到底怎么样？"司马昱回答说："不能超过别人，大体上还能满足大家的心愿。"

四〇

【原文】

简文云："谢安南①清令不如其弟②，学义不及孔岩③，居然自胜④。"

【注释】

①谢安南：谢奉。
②其弟：指谢聘，字弘远。
③孔岩：据《晋书》，当作孔严。
④自胜：原注"言奉任天真也"。指不受礼俗影响。

【译文】

简文帝说："谢安南在清雅善美方面不如他的弟弟谢聘，在学识上赶不上孔岩，但是他能够保持自己的天性。"

四一

【原文】

未废海西公时①，王元琳②问桓元子③："箕子、比干④迹异心同，不审明公孰是孰非？"曰："仁称不异，宁为管仲⑤。"

【注释】

①"未废"句：公元365年，晋哀帝死，他弟弟司马奕继位。公元371年桓温仗其声威，废晋帝为东海王，立简文帝，接着又降封东海王为海西公。
②王元琳：王珣，字元琳。
③桓元子：元子是桓温的字。
④箕子、比干：商代纣王的两个叔父。纣王无道，箕子进谏，不被采纳，就披发佯狂，降为奴隶。比干也不断进谏，被纣王杀死。

这两个人做法不同,而不忍看到纣王的残暴和国家的危亡这点心思却是相同的。孔子曾称他们是仁人。

⑤管仲:春秋时代齐桓公的卿,帮助齐桓公称霸诸侯,孔子也称赞过他的仁德。

【译文】

还没有废黜海西公司马奕的时候,王元琳问桓元子说:"箕子与比干这两个人,行事不同,用心却一样,不知道您认为谁对谁错?"桓元子说:"如果都一样被称为仁人,那么我宁愿做管仲那样的仁人。"

四二

【原文】

刘丹阳、王长史在瓦官寺集,桓护军亦在坐,共商略西朝及江左人物。或问:"杜弘治何如卫虎?"桓答曰:"弘治肤清①,卫虎②弈弈③神令④。"王、刘善其言。

【注释】

①肤清:指外表清丽。

②卫虎:卫玠小名叫虎。③弈弈:同"奕奕",精神焕发。

④神令:精神美好。

【译文】

丹阳尹刘惔和司徒左长史王濛在瓦官寺聚会,护军将军桓伊也在座,一起评论西晋和江南有声望的人士。有人问:"杜弘治和卫虎相比,怎么样?"桓伊回答说:"弘治外表清丽,卫虎神采奕奕。"王濛和刘惔认为他的评论很好。

四三

【原文】

刘尹抚王长史背曰①:"阿奴②比丞相,但有都长③。"

【注释】

①"刘尹"句:刘惔和王濛很要好,而且名气相当,刘惔和丞相王导却不相投。
②阿奴:对王濛的爱称。
③都长(zhǎng):指容貌漂亮,本性淳厚。

【译文】

丹阳尹刘惔拍着司徒左长史王濛的背说:"你和王丞相比起来,还是有外表娴雅、性情淳厚的优点。"

四四

【原文】

刘尹、王长史同坐,长史酒酣起舞。刘尹曰:"阿奴今日不复减向子期①。"

【注释】

①向子期:向秀,字子期。这里指王濛有向秀超尘脱俗的韵味。

【译文】

丹阳尹刘惔和左徒左长史王濛坐在一起,王濛喝酒喝到痛快的时候就翩然起舞。刘惔说:"你今天不比向子期逊色。"

四五

【原文】

桓公问孔西阳①:"安石何如仲文②?"孔思未对,反问公曰:"何如?"答曰:"安石居然不可陵践③,其处④故乃胜也。"

【注释】

①孔西阳:孔严,字彭祖,历任丹阳尹、尚书,封西阳侯。
②仲文:指桓温之婿殷仲文。
③陵践:欺压。
④处:决断,定夺。

【译文】

桓温问西阳侯孔严:"安石与仲文相比,怎么样?"孔严想了想没有回答,反问桓温:"您以为怎么样?"桓温回答说:"安石显然使人不能压制他的决断,自然就是胜一筹了。"

四六

【原文】

谢公与时贤共赏说,遏、胡儿①并在坐。公问李弘度曰:

"卿家平阳②,何如乐令?"于是李潸然③流涕曰:"赵王篡逆,乐令亲授玺绶④。亡伯雅正,耻处乱朝,遂至仰药⑤,恐难以相比。此自显于事实,非私亲之言。"谢公语胡儿曰:"有识者果不异人意。"

【注释】

①遏、胡儿:谢玄,小名遏;谢朗,小名胡儿。皆是谢安的侄儿。

②平阳:李重,字茂曾,任平阳太守。后来赵王司马伦任相国,调他做相国左司马,他知司马伦有篡位意图,忧愤成疾而死。

③潸然:流泪的样子。

④"赵王"句:晋惠帝永康元年(公元300年),赵王司马伦起兵谋反,废贾后,杀司空张华等,自为相国。次年,又以惠帝为太上皇,自称皇帝,由司隶校尉满奋和尚书令乐广等捧着皇帝的印绶进献司马伦,以表示惠帝让位。不久齐王等起兵讨伐司马伦,惠帝复位。玺绶,皇帝的印和拴印的带子。

⑤仰药:服毒。按,《晋书·李重传》只说李重"以忧逼成疾而卒",《晋诸公赞》也只说他有病不治,终于病死。

【译文】

谢安与当时的贤达一起赞赏、评论人物,谢玄和谢朗同时在座。谢安问李弘度:"你家的平阳与乐令相比,怎么样?"这时李弘度泪流不止地说:"赵王叛逆篡位时,乐令亲自奉上玺绶;亡伯为人正直,耻于在叛逆的朝廷中做官,最终服毒身死。两个人恐怕难以相比!这自有事实来证明,并不是偏袒亲人的话。"谢安于是对谢朗说:"有识之士果然和人们的心愿相同。"

四七

【原文】

王修龄问王长史:"我家临川①,何如卿家宛陵②?"长史未答,修龄曰:"临川誉贵。"长史曰:"宛陵未为不贵。"

【注释】

①临川:王羲之,曾任临川太守。
②宛陵:王述,曾任宛陵县令。

【译文】

王修龄问司徒左长史王濛说:"我家的临川与你家的宛陵相比,怎么样?"王濛还没有回答,王修龄又说:"临川声誉显贵。"王濛说:"宛陵也不算不尊贵。"

四八

【原文】

刘尹至王长史许清言,时苟子①年十三,倚床边听。既去,问父曰:"刘尹语何如尊②?"长史曰:"韶音令辞③不如我,往辄破的④胜我。"

【注释】

①苟子:王修的小名,是王濛的儿子。

②尊：对父亲的称呼。
③韶音令辞：美音美辞。
④破的：射中箭靶，指谈论中理，能说明要旨。

【译文】

丹阳尹刘惔到司徒左长史王濛那里清谈，当时荀子十三岁，靠在床边听。刘惔离开后，荀子问他父亲："刘尹的谈论和父亲相比怎么样？"王濛说："要论音调的抑扬顿挫，言辞的优美，他不如我，至于一谈就能切中玄理，这点却比我强。"

四九

【原文】

谢万寿春败后①，简文问郗超："万自可败，那得乃尔失士卒情？"超曰："伊以率任之性，欲区别智勇。"

【注释】

①"谢万"句：晋穆帝升平三年（公元359年），谢万任豫州刺史，受命北伐。因他平时骄傲自夸，轻视别人，不安抚将士，失了军心，结果未遇敌而兵溃，自己狼狈单归，大片土地相继被燕国攻占，因此被废为庶人。

【译文】

谢万在寿春县大败后，简文帝问郗超："谢万自然可能打败仗，可怎么会如此失掉士卒们的爱戴之心呢？"郗超说："他凭着任性放纵的性格，想把智谋和勇敢区分开。"

五〇

【原文】

刘尹谓谢仁祖曰:"自吾有四友①,门人加亲。"谓许玄度曰:"自吾有由,恶言不及于耳。"二人皆受而不恨。

【注释】

①"自吾"句:其中的"四友"疑是"回"字的错写。《尚书大传》说:"孔子曰:'文王有四友。自吾得回也,门人加亲,是非胥附邪……自吾得由也,恶言不入于耳,是非御侮邪……'"这里的"回""由"指孔子的学生颜回和仲由(字子路)。刘惔把谢仁祖看成颜回,在下文把许玄度看成仲由,是把对弟子说的话用来对待同辈。

【译文】

丹阳尹刘惔对谢仁祖说:"自从我有了四位相知的朋友后,门生弟子就更加亲近我了。"又对许玄度说:"自从我有了仲由,不满的话就再也听不到了。"两个人都容忍了他的说法而没有怨言。

五一

【原文】

世目殷中军:"思纬淹通,比羊叔子。"

【译文】

世人评论中军将军殷浩:"他的思路宽广通畅,可以与羊叔子并列。"

五二

【原文】

有人问谢安石、王坦之优劣于桓公。桓公停①欲言,中悔,曰:"卿喜传人语,不能复语卿。"

【注释】

①停:正要。

【译文】

有人向桓温问起谢安石和王坦之这二人的优劣。桓温正要说,中途又后悔了,便说:"你喜欢传播别人的话,我不能再对你说了。"

五三

【原文】

王中郎尝问刘长沙曰:"我何如苟子?"刘答曰:"卿才乃当不胜苟子,然会名①处多。"王笑曰:"痴。"

【注释】

①会名：融会贯通名理。按，谈名理是魏晋时代清谈的一个内容。

【译文】

北中郎将王坦之曾经问长沙相刘奭："我与荀子相比，怎么样？"刘奭回答说："你的才学应当是不会超过荀子，但是领会名理的地方却比他强。"王坦之笑说："傻话！"

五四

【原文】

支道林问孙兴公："君何如许掾①？"孙曰："高情远致②，弟子③早已服膺④；一吟一咏⑤，许将北面。"

【注释】

①许掾：许询，字玄度，曾被召为司徒掾。
②高情远致：高远的情趣。
③弟子：因为支道林是和尚，所以孙兴公谦称弟子。
④服膺：铭记在心，衷心信服。
⑤一吟一咏：指写诗作文。按，《晋书·孙绰传》载，孙绰（字兴公）博学，很有才华，擅长写文章，曾作《遂初赋》《天台山赋》等。

【译文】

支道林问孙兴公:"您与许掾相比,怎么样?"孙兴公说:"要论情趣高远,弟子对他早已衷心佩服;至于说到吟诗咏志,许掾却要拜我为师。"

五五

【原文】

王右军问许玄度:"卿自言何如安石①?"许未答,王因曰:"安石故相为②雄,阿万当裂眼③争邪?"

【注释】

①安石:一本作"安、万",即指谢安、谢万,这是对的,下文也谈及这两个人。

②相为:指向你,对你。一本作"相与"。

③裂眼:指睁大眼睛,形容愤怒的状态。

【译文】

右军将军王羲之问许玄度:"你自己认为你与安石、万石相比,谁强些?"还没有等到许玄度回答,王羲之便说:"安石自然可以和你一起称雄,阿万可要和你怒目相争吧!"

五六

【原文】
刘尹云:"人言江彪①田舍,江乃自田宅屯。"

【注释】
①江彪(bīn):字思玄,历任长山令、长史、吏部尚书、尚书左仆射。

【译文】
丹阳尹刘惔说:"人们谈论江彪像土气的乡巴佬,江彪其实在村庄里拥有很多的田地、房舍、村庄。"

五七

【原文】
谢公云:"金谷中苏绍最胜①。"绍是石崇姊夫、苏则孙、愉子也。

【注释】
①"金谷"句:金谷,园名,是晋人石崇在洛阳城外金谷涧修建的。石崇是富豪,官至荆州刺史,曾在金谷园大宴宾客,计三十人,饮酒赋诗,不赋诗的罚酒三杯。事后写成《金谷诗序》记载其事,附录其诗。三十人中,苏绍年五十,为首。

【译文】

谢安说:"在金谷园的聚会中苏绍的诗作最优秀。"苏绍是石崇的姊夫,苏则的孙子,苏愉的儿子。

五八

【原文】

刘尹目庾中郎:"虽言不愔愔①似道②,突兀③差可以拟道。"

【注释】

①愔愔(yīn yīn):静寂无声的样子。
②道:道家哲学体系的核心,指道生天地万物的本源。
③突兀:高耸突出。

【译文】

丹阳尹刘惔评论从事中郎庾敳说:"虽然他的言谈不像老庄义理那样寂静无为,但是言语突出之处大体能和道相比拟。"

五九

【原文】

孙承公云:"谢公清于无奕①,润于林道②。"

【注释】

①无奕:谢奕,字无奕,是谢安(即这里所说的谢公)的哥哥。
②林道:陈逵,字林道,任西中郎将,兼梁、淮南二郡太守。

【译文】

孙承公说:"谢公比无奕高洁,比林道温和宽厚。"

六〇

【原文】

或问林公:"司州①何如二谢?"林公曰:"故当攀安提万②。"

【注释】

①司州:王胡之,字修龄,曾召为司州刺史。
②攀安提万:仰攀谢安,提携谢万。指介于两人之间,不及谢安,超过谢万。

【译文】

有人问支道林:"司州与谢家两个兄弟相比,怎么样?"支道林说:"当然是仰攀上面的谢安,提携下面的谢万了。"

六一

【原文】

孙兴公①、许玄度皆一时名流。或重许高情,则鄙孙秽行;或爱孙才藻,而无取于许。

【注释】

①孙兴公:《续晋阳秋》说:"绰(按:即孙兴公)虽有文才,而诞纵多秽行,时人鄙之。"《晋书·孙绰传》说孙兴公博学善属文,和许询俱有高尚之志,但是喜欢讥讽嘲笑别人。

【译文】

孙兴公、许玄度都是当时的名流。有的人看重许玄度的高尚情趣,就鄙视孙兴公的丑恶行为;有人喜欢孙兴公的才华,就认为许玄度无可取之处。

六二

【原文】

郗嘉宾道谢公:"造膝①虽不深彻,而缠绵纶至②。"又曰:"右军诣嘉宾③。"嘉宾闻之云:"不得称诣,政④得谓之朋⑤耳。"谢公以嘉宾言为得。

【注释】

①造膝:指促膝交谈,引申为清谈。

②缠绵纶至：周详绵密，极有条理。

③"又曰"句：并非承接上文而来，而是指有此一说。又，通"有"。诣，指造诣深。"诣嘉宾"中的"嘉宾"疑是衍文。这一则是讲王羲之和谢安对名理的造诣，与郗嘉宾无涉。

④政：同"正"，只，仅仅。

⑤朋：同等。

【译文】

郗嘉宾评论谢安说："他的议论虽然不很深刻透彻，但是情意特别深厚。"有人说："右军造诣很深。"嘉宾听到后说："不能说造诣很深，只能说二人不相上下罢了。"谢安认为嘉宾的话说对了。

六三

【原文】

庾道季①云："思理伦和②，吾愧康伯；志力强正，吾愧文度。自此以还，吾皆百③之。"

【注释】

①庾道季：庾龢，字道季。《晋书》说他"好学，有文章"。名重当时，常称扬韩康伯和王文度。

②伦和：条理和谐。

③百：一百倍，做动词用。

【译文】

庾道季说："要论思路条理清楚，我自愧不如康伯；要论意志坚强，我自愧不如文度。除此以外，我都超过他们一百倍。"

六四

【原文】

王僧恩①轻林公，蓝田曰："勿学汝兄②，汝兄自不如伊。"

【注释】

①王僧恩：王祎之的小名，是王蓝田（王述）的儿子。
②汝兄：指王坦之（王文度）。坦之与支道林合不来，所以蓝田告诉僧恩"勿学汝兄"。

【译文】

王僧恩轻视支道林，蓝田侯王述告诉他："不要学你哥哥，你哥哥本来就不如他。"

六五

【原文】

简文问孙兴公："袁羊何似？"答曰："不知者不负其才，知之者无取其体①。"

【注释】

①体：根本，这里指道德品质。按，孙兴公意指袁羊有才而无德。

【译文】

简文帝问孙兴公:"袁羊这个人怎么样?"孙兴公回答说:"不了解他的人不会看不到他的才能,了解他的人不会认可他的品德。"

六六

【原文】

蔡叔子云:"韩康伯虽无骨干①,然亦肤立②。"

【注释】

①无骨干:指韩康伯身体肥胖,好像没有骨骼一样。
②肤立:指外表、形象能立起来。

【译文】

蔡叔子说:"韩康伯的身材虽然看上去像没有骨架似的,但是身形壮美,形象也还能过得去。"

六七

【原文】

郗嘉宾问谢太傅曰:"林公①谈何如嵇公?"谢曰:"嵇公勤著脚,裁可得去耳②。"又问:"殷何如支?"谢曰:"正尔有超拔③,支乃过殷,然䇐䇐论辩,恐殷欲制支。"

【注释】

①林公：支道林。下文又只称"支"。

②"嵇公"句：《高僧传》作"嵇努力裁得去耳"，指嵇康要努力前进，才能赶上支道林。"努力"正是"勤著脚"的意思。裁，通"才"。

③超拔：超尘拔俗。按，支道林是和尚，才这样说。

【译文】

郗嘉宾问太傅谢安："林公的清谈比着嵇公怎么样？"谢安说："嵇公要努力向前，才能赶上去呀。"嘉宾又问："殷浩比支道林怎么样？"谢安说："只有在超脱尘俗方面，支道林才超得过殷浩，可是在滔滔不绝的辩论方面，恐怕殷浩的口才会制服支道林的。"

六八

【原文】

庾道季云："廉颇、蔺相如①虽千载上死人，懔懔②恒如有生气；曹蜍、李志③虽见在④，厌厌⑤如九泉下人。人皆如此，便可结绳而治⑥，但恐狐狸貒貉⑦啖尽。"

【注释】

①廉颇、蔺相如：战国时代赵国人。蔺相如完璧归赵，拜为上卿，位在廉颇上。廉颇本为大将，不服，想羞侮蔺相如，最后受感动而负荆请罪，与蔺相如成为至交。

②懔懔:同"凛凛",可敬畏的样子。
③曹蜍(chú)、李志:二人憨厚而缺乏才智,做官而功业不显。
④见在:现在还活着。
⑤厌厌(yān yān):形容精神不振。
⑥结绳而治:远古时代没有文字,用结绳记事的方法来处理政事。
⑦豴貉(tuān hé):猪獾和狗獾。

【译文】

庾道季说:"廉颇、蔺相如虽然是死了千年以上的古人,但是仍然正气凛然,经常使人感到虎虎有生气。曹蜍、李志虽然现在还活着,却精神萎靡像坟墓里的死人一样。如果人人都像曹、李那样,就可以回到结绳而治的原始时代去,只是恐怕野兽会把人都吃光。"

六九

【原文】

卫君长是萧祖周妇兄,谢公问孙僧奴:"君家①道卫君长云何?"孙曰:"云是世业人②。"谢曰:"殊不尔,卫自是理义人。"于时以比殷洪远。

【注释】
①君家:君,您。
②世业人:管世事(尘俗之事)的人。

【译文】

卫君长是萧祖周的妻兄,一次谢安问孙僧奴:"您说卫君长这个人怎么样?"孙僧奴说:"听说是个建功立业的人。"谢安说:"根本不是如此,卫君长本是个研究名理的人。"当时人们把卫君长和殷洪远并列。

七〇

【原文】

王子敬问谢公:"林公①何如庾公②?"谢殊不受,答曰:"先辈初无论,庾公自足没③林公。"

【注释】

①林公:指支道林。
②庾公:指庾亮。
③没:淹没,超过。

【译文】

王子敬问谢安:"林公比庾公怎么样?"谢安很不愿意接受这样的相比,回答说:"前辈从来没有谈论过,庾公自然能够超过林公。"

七一

【原文】

谢遏①诸人共道竹林②优劣,谢公云:"先辈初不臧贬③七贤。"

【注释】

①谢遏:谢玄,小名遏,是谢安的侄儿。
②竹林:指竹林七贤。
③臧贬:褒贬。按:竹林七贤,在当时声望都很高,所以一般不评论其中某一人的优劣。

【译文】

谢遏等人一起谈论竹林七贤的优劣,谢安说:"前辈们从来没有褒贬七贤。"

七二

【原文】

有人以王中郎比车骑,车骑闻之曰:"伊窟窟①成就。"

【注释】

①窟窟:同"掘掘",勤奋的样子。

【译文】

有人把北中郎将王坦之和车骑将军谢玄并列,谢玄听说这件事后说:"他勤奋努力,故做出了成绩。"

七三

【原文】

谢太傅谓王孝伯①:"刘尹亦奇自知②,然不言胜长史。"

【注释】

①王孝伯：王恭，字孝伯，是长史王濛的孙子。

②奇自知：非常了解自己。

【译文】

太傅谢安对王孝伯说："刘尹也是非常了解自己的，可是他不敢说自己超过了长史。"

七四

【原文】

王黄门①兄弟三人俱诣谢公，子猷、子重多说俗事，子敬寒温而已。既出，坐客问谢公："向三贤孰愈？"谢公曰："小者最胜。"客曰："何以知之？"谢公曰："吉人之辞寡，躁人之辞多。②推此知之。"

【注释】

①王黄门：王徽之，字子猷，是王羲之的儿子，曾任黄门侍郎。子重是王操之的字，子敬是王献之的字。子敬最小。

②"吉人"句：语出《周易·系辞下》。吉人，善良的人，贤明的人。躁人，急躁的人。

【译文】

黄门侍郎王子猷兄弟三人一同去拜访谢安，子猷和子重说了许多世俗的事情，子敬只是寒暄几句罢了。三人辞别出去后，在座的宾客们问谢安:"刚才那三位贤士谁比较好?"谢安说:"小的最好。"客人问道:"你怎么知道呢?"谢安说:"贤明的人话少,浮躁的人话多。是从这两句话推断出来的。"

七五

【原文】

谢公问王子敬:"君书何如君家尊?①"答曰:"固当不同。"公曰:"外人论殊不尔。"王曰:"外人那得知?"

【注释】

①"君书"句:王子敬擅长草书、隶书,当时有人认为他的书法骨力比不上他父亲王羲之,而比较秀媚;有的认为他父亲比不上他。谢安很尊重王羲之的书法,才有此问。

【译文】

谢安问王子敬:"您的书法比起令尊怎么样?"子敬回答说:"当然是不一样的。"谢安说:"外面的议论绝不是这样。"王子敬说:"外人哪里会懂得!"

七六

【原文】

王孝伯问谢太傅:"林公何如长史?"太傅曰:"长史韶兴①。"问:"何如刘尹?"谢曰:"噫!刘尹秀。"王曰:"若如公言，并不如此二人邪？"谢云："身意正尔也。"

【注释】

①韶兴：美好的意趣。按，上文第四十八则所记，长史王濛很欣赏自己的韶音令辞，自认为胜过刘尹（刘惔）。这里谢安也称赞他的言谈有韶兴，而不是很欣赏支道林。

【译文】

王孝伯问太傅谢安："林公与长史相比，怎么样？"谢安说："长史的清谈意趣清新。"王孝伯又问："林公和刘尹相比怎么样？"谢安说："哎，刘尹优秀。"王孝伯说："如果像您说的那样，他全都比不上这两个人吗？"谢安说："我的意思正是这样啊。"

七七

【原文】

人有问太傅："子敬可是先辈谁比？①"谢曰："阿敬近撮② 王、刘之标③。"

【注释】

①"子敬"句：王子敬于义理并非有所长，只是能综合各家情致，所以擅名一时。
②撮：聚合。
③王、刘之标：王濛、刘惔的风度。

【译文】

有人问太傅谢安:"子敬可以与哪一位前辈相比?"谢安说:"从近处说,阿敬集合了王、刘二人的格调。"

七八

【原文】

谢公语孝伯:"君祖①比刘尹,故为得逮②。"孝伯云:"刘尹非不能逮③,直不逮。"

【注释】

①君祖:指王濛。
②逮:达到,赶上。按,《世说新语》原注,这一则是说王濛质朴,刘惔有文采。
③"刘尹"句:据《晋书》记载,王濛和刘惔二人齐名,而且很友善,王孝伯又"慕刘惔之为人"。但是在这里,王孝伯实际是说他祖父胜过刘惔。

【译文】

谢安对王孝伯说:"令祖父与刘尹齐名,自然是能够达到他那样。"王孝伯说:"刘尹那样的人并不是难以达到的,只是我祖父不想那样做罢了。"

七九

【原文】

袁彦伯为吏部郎,子敬与郗嘉宾书曰:"彦伯已入①,殊足顿②兴往③之气。故知捶挞④自难为人,冀小却⑤,当复差⑥耳。"

【注释】

①已入:指已经进入朝廷,这里指担任吏部郎一职。

②顿:舍弃,消除。

③兴往:迈进,指勇往直进。

④捶挞:这里指处分官吏的杖刑。按,郎官如果有过错,就会受杖刑,所以有人不愿担任这一职务。王濛曾由长山县令调任司徒左西属,他认为此职有过失则应受杖,就上表辞让,虽经下诏对他可以停罚,仍然不肯就职。

⑤小却:稍微推辞一下,即表示不接受。按,王子敬希望袁彦伯也上表辞让,或者可能停罚。

⑥差(chài):病好了,这里指好。

【译文】

袁彦伯担任吏部郎,王子敬写信给郗嘉宾说:"彦伯已经入朝就职了,这个官职特别能挫伤他的锐气。原先就知道受了杖刑就难以做人了,所以希望他能稍微辞让一下,这样就会好一些呀。"

八〇

【原文】

王子猷、子敬兄弟共赏《高士传》人及赞①,子敬赏"井丹高洁",子猷云:"未若'长卿慢世②'。"

【注释】

①赞:一种文体,放在人物传记的结尾部分,等于一个总评,内容主要是褒贬人物的。例如嵇康《高士传》在井丹的传记后面有:"其赞曰:'井丹高洁,不慕荣贵,抗节五王,不交非类……'"。

②长卿慢世:也是《高士传》中的赞语。长卿,是司马相如的字。慢世,怠慢世人世事,玩世不恭。按,子敬赞赏井丹高洁,子猷赞赏长卿慢世,都是符合各自的性格的。

【译文】

王子猷、子敬兄弟一起欣赏《高士传》一书所记的人物和所写的赞语,子敬欣赏"井丹高洁"之赞,子猷说:"不如'长卿慢世'更好。"

八一

【原文】

有人问袁侍中①曰:"殷仲堪何如韩康伯?"答曰:"理义所得,优劣乃复未辨,然门②庭萧寂,居然有名士风流,殷不及韩。"故殷作诔云:"荆门②昼掩,闲庭晏然③。"

【注释】

①袁侍中:袁恪之,字元祖,曾任黄门侍郎、侍中。

②荆门:柴门,指贫苦人家用木头、树枝等编的门。

③晏然:安安静静的。按,殷仲堪能清谈,擅长写文章,在清谈名理方面和韩康伯齐名。这一则里,袁恪之避开义理问题,只就风流一事比较其间优劣。

【译文】

有人问侍中袁恪之说:"殷仲堪与韩康伯相比,怎么样?"袁恪之回答说:"两个人义理上的成就,其优劣实在是不能辨别,可是门庭冷落寂寞时,却仍保持着名士的风雅,这一点,殷仲堪是赶不上韩康伯的。"所以殷仲堪在哀悼韩康伯的诔文上说:"柴门白天也关闭着,清幽的庭院安安静静。"

八二

【原文】

王子敬问谢公:"嘉宾何如道季?"答曰:"道季诚复钞撮①清悟,嘉宾故自上②。"

【注释】

①钞撮:聚集。按,这里指庾道季清谈能学习别人,集中人家清虚善悟的优点。

②上:原注"超拔也",指出众,杰出。按,谢安认为嘉宾胜过

道季。

【译文】

王子敬问谢安:"嘉宾与道季相比,怎么样?"谢安回答说:"道季的清谈的确集中了各家清虚善悟的优点,但嘉宾本来就很出众。"

八三

【原文】

王珣疾,临困①,问王武冈②曰:"世论以我家领军③比谁?"武冈曰:"世以比王北中郎④。"东亭转卧向壁,叹曰:"人固不可以无年⑤!"

【注释】

①临困:临死。困,病重。
②王武冈:王谧(mì),王导的孙子,袭爵武冈侯。
③领军:指王洽,是王导的儿子、王珣的父亲,名声很好,曾任吴郡内史,调任领军,不久又加中书令。三十六岁死。
④王北中郎:王坦之,任北中郎将。按,王坦之是太原人,王导是琅邪人。
⑤无年:无寿。按,王珣认为他父亲的人品才德超过王坦之,只是因为死得早,所以声望不大,世人才拿他与王坦之比。

【译文】

王珣病重,到了生命垂危的时候,问武冈侯王谧说:"世人的评论把我父亲和谁并列?"武冈侯说:"世人把他与王北中郎并列。"东亭侯王珣翻身面向墙壁,叹气说:"人确是不能没有寿数呀!"

八四

【原文】

王孝伯道谢公:"浓至①。"又曰:"长史虚②,刘尹秀,谢公融③。"

【注释】

①浓至:指道德深厚到了顶点。

②虚:谦虚。《晋书·王濛传》说王濛"虚己应物,恕而后行"。

③融:恬适。原注"条畅也",指通达。《晋书·谢安传》说他"神识沉敏,风宇条畅"。

【译文】

王孝伯评论谢安:"浓厚深沉。"又说:"长史谦虚宽和,刘尹才智出众,谢公和乐通达。"

八五

【原文】

王孝伯问谢公:"林公何如右军?"谢曰:"右军胜林公。林公在司州①前,亦贵彻②。"

【注释】

①司州：指王胡之，曾任司州刺史。按，这里说明右军将军王羲之胜过支道林，支道林胜过王胡之。
②贵彻：尊贵通达。

【译文】

王孝伯问谢安："林公与右军相比，怎么样？"谢安说："右军胜过林公。可是林公比起司州来还是尊贵而通达的。"

八六

【原文】

桓玄为太傅①，大会，朝臣毕集。坐裁竟，问王桢之曰："我何如卿第七叔②？"于时宾客为之咽气③。王徐徐答曰："亡叔是一时之标，公是千载之英。"一坐欢然。

【注释】

①"桓玄"句：桓玄只任过太尉，不是太傅。
②卿第七叔：指王献之。王桢之是王徽之的儿子，王羲之的孙子，历任侍中、大司马长史。
③咽气：气塞，屏气，这里指紧张得喘不过气来。按，桓玄性情暴烈，而又酷爱书画，喜欢"二王"书法，总是以王献之自比。王桢之如果回答不好，就会触怒他。

【译文】

桓玄担任太傅的时候，大会宾客，朝中大臣们都聚集在一起。大家刚刚坐定,桓玄就问王桢之:"我与你七叔相比,谁强?"当时在座的宾客都为王桢之紧张得不敢喘气。王桢之从容回答说:"亡叔只是一代的楷模,您却是千古的英才。"满座的人听了都感到喜气洋洋的。

八七

【原文】

桓玄问刘太常①曰:"我何如谢太傅?"刘答曰:"公高,太傅深。"又曰:"何如贤舅子敬?"答曰:"楂梨橘柚,各有其美。②"

【注释】

①刘太常:刘瑾,字仲璋,历任尚书、太常。他母亲是王羲之的女儿、王子敬(王献之)的姐妹。

②"楂梨"句:指几种水果味道不同,却都很可口,借指两个人各有各的长处。楂,山楂。柚,柚子。

【译文】

桓玄问太常刘瑾说:"我与谢太傅相比,怎么样?"刘瑾回答说:"您高明,太傅深厚。"桓玄又问:"比起贤舅子敬来怎么样?"刘瑾回答说:"山楂、梨子、橘子、柚子,各有自己的美味之处。"

八八

【原文】

旧以桓谦比殷仲文①。桓玄时②,仲文入,桓于庭中望见之,谓同坐曰:"我家中军,那得及此也!"

【注释】

①殷仲文:桓玄的姐夫,投奔桓玄任咨议参军。他有才华,容貌风度又美,为世所重。下文桓玄正是从这方面评论桓谦比不上他。

②桓玄时:指桓玄攻下建康、自称皇帝时。桓玄篡位后,任用堂兄弟桓谦为尚书左仆射,兼吏部,加中军将军。故下文直称"中军"。

【译文】

过去总是把桓谦和殷仲文并列。桓玄执政时,仲文从外面进门,桓玄在厅堂上望见他,对同座的人说:"我家的中军哪里赶得上这个人呢!"

规箴第十

【题解】

规箴指规劝告诫。本篇以规劝君主或尊长接受意见、改正错误的记述为主,少数几则是记载同辈或夫妇之间的劝导、高僧对弟子亦即长辈对晚辈的规诫。所涉及的内容多是为政治国之道、待人处事之方等。从这里可以看到不少直言敢谏、绝不阿谀逢迎的事例,这是有教育意义的。例如京房向汉元帝进谏时,暗中把元帝比作古代的亡国之君。其中有些人性格耿直,知无不言。郭泰认为陈纪在服丧期间盖着锦被睡觉是失礼,当面指斥他,并且"奋衣而去"。郭泰不以私情灭道义,他所坚持的是符合当时的礼制标准的。有一些谏诤是锋芒外露,无所顾忌。陆凯在回答吴主孙皓的问话时直斥时政:"今政荒民弊,覆亡是惧。"这等于当面指责君主祸国殃民,非圣主贤君。有一些却是和风细雨,含而不露。记谢万在兵败逃跑时仍要摆架子讲究用玉帖镫,他哥哥谢安劝他时只说"当今岂须烦此"。这不过是从费时费事的角度点明不必要这样做,而没有直接指出这种做法的错误。还有一些是以古喻今,希望达到以古为训的目的,或者借用他人他物含蓄劝诫,以增强说服力,这里就不必一一举例了。总之,从本篇中可以看到一些古人的规箴艺术。

一

【原文】

汉武帝乳母尝于外犯事,帝欲申宪,乳母求救东方朔①。朔曰:"此非唇舌所争,尔必望济者,将去时,但当屡顾帝,慎勿言。此或可万一冀耳。"乳母既至,朔亦侍侧,因谓曰:"汝痴耳!帝岂复忆汝乳哺时恩邪?"帝虽才雄心忍②,亦深有情恋,乃凄然④愍⑤之,即敕免罪。

【注释】

①"汉武帝"句:汉武帝乳母在京都长安横行霸道,官司奏请把乳母流放到边远地区,武帝批准了。申宪,申明法令,指执行法令。东方朔,汉武帝时任侍中。

②心忍:心狠。

③凄然:形容悲伤。

④愍:怜悯。

【译文】

汉武帝的乳母曾经在外面犯了法,武帝想要依法惩办。乳母向东方朔求救。东方朔说:"这不是靠言辞能争得来的事,你想一定要把事办成的话,辞行时,只可连连回头望着皇帝,千万不要说话。这样也许能有万分之一的希望呢。"奶妈进来辞行时,东方朔也陪侍在皇帝身边,奶妈照东方朔所说的频频回顾武帝,东方朔就对她说:"你是犯傻呀!皇上难道还会想起你喂奶时的恩情吗！"武帝虽然才智杰出，心肠刚硬，也不免引起深切的依恋之情，就悲伤地怜悯起奶妈来了，立刻下令免了她的罪。

二

【原文】

京房①与汉元帝共论，因问帝："幽、厉之君②何以亡？所任何人？"答曰："其任人不忠。"房曰："知不忠而任之，何邪？"曰："亡国之君各贤其臣，岂知不忠而任之？"房稽首③曰："将恐今之视古，亦犹后之视今也④。"

【注释】

①京房：字君明，汉元帝时以孝廉为郎（皇帝的侍从官）。

②幽、厉之君：厉指周厉王，是西周时代的君主，在位时暴虐无道，滥施杀伐，最终被国人流放了。幽指周幽王，是厉王的孙子，在位时宠幸妃子褒姒，沉迷酒色，后来外族入侵，把他杀死。两个人都是暴虐之君。

③稽（qǐ）首：古代最恭敬的一种礼节，跪下，拱手至地，头也至地。

④"将恐"句：汉元帝的亲信中书令石显和尚书令五鹿充宗专权，京房认为他们会犯上作乱，所以借幽、厉之君来向汉元帝进谏。

【译文】

京房与汉元帝在一起谈论事情，于是就问元帝："周幽王、周厉王为什么会灭亡？他们所任用的是些什么人？"元帝回答说："他们任用的人都不忠。"京房又问："明知他不忠，还要任用，这是什么原因呢?"元帝说:"亡国的君主,每个人都认为他的臣下是贤能的。哪里是明知不忠还要任用他呢!"京房于是拜伏在地,说道:"就怕我们今天看古人,也像后代的人看我们今天一样啊。"

三

【原文】

陈元方遭父丧,哭泣哀恸,躯体骨立。其母愍之,窃以锦被蒙上。郭林宗吊而见之,谓曰:"卿海内之俊才,四方是则①,如何当丧,锦被蒙上?孔子曰:'衣夫锦也,食夫稻也,于汝安乎?'②吾不取也!"奋衣③而去。自后宾客绝百所日④。

【注释】

①是则:则是,指效法你。
②"衣夫"句:出自《论语·阳货》,原文作"食夫稻,衣夫锦,于汝安乎?"。孔子的弟子宰我认为,为父母守孝三年,时间太长,孔子以为不到三年期满,就吃大米饭,穿绸缎,心里不安。夫(fú),那个。
③奋衣:振衣,等于拂袖、甩手。
④百所日:百来天。所,约数词。

【译文】

陈元方遭遇父丧,哭泣悲恸,瘦得只剩下骨架子了。母亲看到后心疼他,在他睡觉的时候,偷偷地用条锦缎被子给他盖上。郭林宗去吊丧,看见他盖着锦缎被子,就对他说:"你是海内或天下内的杰出人物,各地的人都学习你,怎么能在服丧期间盖锦缎被子?孔子说:'穿着那花缎子衣服,吃着那大米白饭,你心里踏实吗?'我不认为这种做法是可取的。"说完就拂袖而去。自此以后有百来天宾客都不来吊唁了。

四

【原文】

孙休①好射雉,至其时,则晨去夕反。群臣莫不止谏②:"此为小物,何足甚耽?"休曰:"虽为小物,耿介③过人,朕所以好之。"

【注释】

①孙休:是吴国君主孙权的儿子。孙权死后,孙休的弟弟孙亮继位,后孙亮被废,孙休继位。

②止谏:一作"上谏"。

③耿介:正直,心意专一。《周礼·春官·大宗伯》中"士执雉"注:"雉,取其守介而死,不失其节。"按,这句是托词,为自己开脱。

【译文】

孙休爱好射野鸡,每逢到了射猎野鸡的季节,就早出晚归地去射猎。群臣们都劝止他说:"这是小东西,哪里值得过分迷恋!"孙休说:"虽然是小东西,可是比人还耿直,我因此喜欢它。"

五

【原文】

孙皓①问丞相陆凯②曰:"卿一宗在朝有几人?"陆曰:"二相、五侯、将军十余人。"皓曰:"盛哉!"陆曰:"君贤臣忠,国之盛也;父慈子孝,家之盛也。今政荒民弊,覆亡是惧③,臣何敢言盛!"

【注释】

①孙皓:吴国亡国之主,孙休死后,孙皓继位,荒淫骄横,朝野失望。后晋兵攻下建康,孙皓投降,吴国亡。
②陆凯:字敬风,吴人,和丞相陆逊同族。孙皓暴虐,陆凯直言敢谏,由于他宗族强盛,孙皓不敢加诛于他。
③覆亡是惧:惧怕覆亡。

【译文】

孙皓问丞相陆凯说:"你们家族中在朝中为官的有多少人?"陆凯说:"两个丞相,五个侯爵,十多个将军。"孙皓说:"真兴旺啊!"陆凯说:"君主贤明,臣下尽忠,这是国家兴旺的象征;父母慈爱,儿女孝顺,这是家庭兴旺的象征。现在政务荒废,百姓困苦,臣唯恐国家灭亡,还敢说什么兴旺啊!"

六

【原文】

何晏、邓飏①令管辂②作卦,云:"不知位至三公不?"卦成,辂称引古义,深以戒之。飏曰:"此老生之常谈。"晏曰:"知几③其神④乎,古人以为难;交疏吐诚,今人以为难。今君一面,尽二难之道⑤,可谓'明德惟馨⑥'。《诗》不云乎:'中心藏之⑦,何日忘之!'"

【注释】

①何晏、邓飏:魏国曹爽执政时,何、邓二人成了曹爽的心腹,都任尚书。

②管辂(lù):擅长《周易》,能占卦。由冀州举荐为秀才,到京都后,何、邓叫他占卦,看看能否做到三公。他趁机用(易)理劝诫二人宜明存亡之理,忧虑国家危机,尽心辅助君主,使民怀德,这样三公之位就可以得到。

③几(jī):预兆,事情的苗头。

④神:神妙,高超。

⑤"今君"句:何晏这句话意在说明,从管辂的做法里可了解到,知几并不神,交疏可以吐诚。

⑥明德惟馨:语出《左传·僖公五年》所引《周书》,大意是:光明的德行是芳香的。

⑦"中心"句:语出《诗经·小雅·隰桑》,大意是:心中藏着他,哪一天忘记过他!中心,心中。按,何晏引这两句来表示对管辂的赞赏和谢意。

【译文】

何晏、邓飏让管辂给他们占一卦,说:"不知道我们能不能升到三公之位?"卦成以后,管辂引证古书的义理,意味深长地劝诫他们。邓飏说:"你这是老生常谈。"何晏说:"预知事物变化的征兆大概是很微妙的吧,古人认为这很困难;交情很浅而说话却吐露真心,现代人认为这很困难。现在您与我们才一面之交就全部说出了这两个难题的解决办法,可以说是'明德惟馨'。《诗经》上不是说过吗:'中心藏之,何日忘之!'我一定牢记着你说的话。"

七

【原文】

晋武帝既不悟太子之愚①,必有传后意。诸名臣亦多献直言。帝尝在陵云台上坐,卫瓘在侧,欲申其怀,因如醉,跪帝前,以手抚床曰:"此坐可惜②!"帝虽悟,因笑曰:"公醉邪?"

【注释】

①"晋武帝"句:武帝即位初年,立第二子司马衷为皇太子。太子当时九岁,没有才智,又不肯学习,朝廷百官认为他不能亲理政事,所以太子少傅卫瓘总想奏请废太子,后来武帝拿尚书省的政务令太子处理,太子不知该怎样回答,太子妃贾氏请人代作答,呈送武帝,武帝看了很高兴,废立的事便作罢。

②此坐可惜:指让太子登上此座,值得令人惋惜。

【译文】

晋武帝既然不明白太子的愚痴,就必然有把帝位传给他的意思。诸多名臣也多有直言强谏的。有一次,武帝在陵云台上坐着,卫瓘陪侍在旁,想趁机申述自己的心意,便装作喝醉酒一样跪在武帝面前,用手拍着武帝的座床说:"这个座位可惜呀!"武帝虽然明白他的用意,还是笑着说:"您醉了吗?"

八

【原文】

王夷甫妇,郭泰宁女,才拙而性刚,聚敛无厌①,干豫人事。夷甫患之而不能禁②。时其乡人幽州刺史李阳,京都大侠,犹汉之楼护③,郭氏惮之。夷甫骤④谏之,乃曰:"非但我言卿不可,李阳亦谓卿不可。"郭氏小为之损。

【注释】

①厌:满足。
②"夷甫"句:王衍(字夷甫)的妻子和晋惠帝皇后贾氏是表姐妹,她倚仗贾后的权势,所以王衍不能制止她。
③楼护:是汉代的游侠,很重义气,是能舍己助人的人。
④骤:屡次。

【译文】

王夷甫的妻子是郭泰宁的女儿,生性笨拙而又性格倔强,贪得无厌,喜欢干涉别人的事情。王夷甫很不满意她的行为却又制止不了。当时他的同乡、幽州刺史李阳,是京都的一个大侠客,如同汉代的楼护,王夷甫妻子郭氏很怕他。王夷甫常常劝诫他妻子,跟她说:"不只我说你不能这样做,李阳也认为你不能这样做。"郭氏因此才稍微收敛了一点。

九

【原文】

王夷甫雅尚①玄远②,常嫉其妇贪浊③,口未尝言"钱"字。妇欲试之,令婢以钱绕床,不得行。夷甫晨起,见钱阂④行,呼婢曰:"举却阿堵⑤物!"

【注释】

①尚:崇尚。
②玄远:指道的玄妙幽远。
③贪浊:贪婪卑污。
④阂(hé):阻碍。
⑤阿堵:这,这个。

【译文】

王夷甫向来崇尚深奥精微的玄理,常常憎恨自己妻子的贪婪污,口里不曾说过"钱"字。妻子想试探他,就叫婢女拿来钱围着睡床放着,让他不能走路。王夷甫早晨起床,看见钱碍着自己走路,就招呼婢女说:"拿掉这些东西!"

一〇

【原文】

王平子①年十四五,见王夷甫妻郭氏贪欲,令婢路上儋②粪。平子谏之,并言不可。郭大怒,谓平子曰:"昔夫人③临终,以小郎④嘱新妇,不以新妇⑤嘱小郎。"急捉衣裾⑥,将与杖。平子饶力⑦,争得脱,逾窗而走。

【注释】

①王平子:王澄,字平子,是王夷甫的弟弟。
②儋:同"担",肩挑。
③夫人:指婆婆。
④小郎:女子称丈夫的弟弟为小郎,即小叔子。
⑤新妇:女子的自称。
⑥裾(jū):衣服的大襟,也指衣服的前后部分。
⑦饶力:多力。

【译文】

王平子十四五岁时,看见王夷甫的妻子郭氏贪婪、品质低劣,竟让婢女到路上去担粪。平子就去劝阻她,并且说明不可以这样做。郭氏大怒,对平子说:"以前婆婆临终的时候,把你托付给我,并没有把我托付给你。"说完就一把抓住平子的衣服,要拿棍子打他。平子力气大,挣扎开了,才得以脱身,跳窗而逃了。

一一

【原文】

元帝①过江犹好酒，王茂弘②与帝有旧，比常流涕谏，帝许之，命酌酒一酣，从是遂断。

【注释】

①元帝：元帝司马睿，是东晋的第一个皇帝。登位前，升为安东将军、都督扬州江南诸军事。永嘉初年，始过江镇守建康，后为晋王。愍帝死后，才继帝位。

②王茂弘：王导，字茂弘。一向和元帝很亲近，劝元帝移镇建康，并帮助他开创大业。

【译文】

晋元帝到江南后仍然喜欢喝酒，王茂弘和元帝向来有老交情，常常流着眼泪规劝他，元帝终于答应戒酒了，就命人倒酒来喝个痛快，从此以后就戒了酒。

一二

【原文】

谢鲲为豫章太守，从大将军下至石头。①敦谓鲲曰："余不得复为盛德之事②矣！"鲲曰："何为其然？但使自今已后，日亡日去③耳。"敦又称疾不朝，鲲谕敦曰："近者明公之举，虽欲大存社稷，然四海之内，实怀未达。若能朝天子，使群臣释然，万物之心，于是乃服。仗民望以从众怀，尽冲退④以奉主上，如斯则勋侔一匡⑤，名垂千载。"时人以为名言。

【注释】

①"谢鲲"句：谢鲲曾为大将军王敦的长史，后被王敦降为豫章太守。晋元帝永昌元年（公元322年），王敦借口镇北将军、丹阳尹专权，以声讨刘隗、清君侧为名起兵反，带着他一起攻下石头城。杀了刘隗等人后，不朝见晋帝就退兵回了武昌。

②盛德之事：品德高尚之事，指辅佐君主之事。按，王敦这句话表明了他目无君主、准备篡位的意图。

③日亡日去：《晋书·谢鲲传》作"日忘日去"。《资治通鉴·晋纪十四》："但使自今以往，日忘日去耳。"注，"言日复一日，浸忘前事，则君臣猜嫌之迹亦日去耳"。

④冲退：谦虚退让。

⑤侔一匡：指和一匡天下之功相等。一匡，指一匡天下，使天下的一切事物得到纠正。

【译文】

谢鲲担任豫章太守的时候，随大将军王敦举兵东下到了石头城。王敦对谢鲲说："我不能再做那种道德高尚的事了！"谢鲲说："为什么要说这样的话？只要从今以后，让以前的猜嫌一天天忘掉就是了。"王敦又托病不去朝见，谢鲲劝告他说："近来您的举动虽然是想极力地保存国家，可是全国的人还不了解您的真实意图。如果能去朝见天子，使群臣放下心来，众人的心才会敬佩您。掌握人民的愿望来顺从众人的心意，全都用谦让之心来侍奉君主，这样做，功勋就可以等同一匡天下，也能够名垂千古。"当时的人认为这是名言。

一三

【原文】

元皇帝时，廷尉张闿在小市居，私作都门①，早闭晚开。群小②患之，诣州府诉，不得理；遂至挝③登闻鼓④，犹不被判。闻贺司空⑤出，至破冈⑥，连名诣贺诉。贺曰："身被征作礼官，不关此事。"群小叩头曰："若府君复不见治，便无所诉。"贺未语，令且去，见张廷尉当为及之。张闻，即毁门，自至方山迎贺。贺出见辞之⑦曰："此不必见关，但与君门情⑧，相为惜之。"张愧谢曰："小人有如此，始不即知，早已毁坏。"

【注释】

①"廷尉"句：按，《晋书·贺循传》说："廷尉张闿（kǎi）住在小市，将夺左右近宅以广其居，乃私作都门，早闭晏开。"张闿任廷尉后，以疾解职，拜为金紫光禄大夫，不久病死。都门，京都中里门，里门指街巷的门。

②群小：老百姓，这里指跟张闿住在一个街坊的人。

③挝（zhuā）：敲击。

④登闻鼓：一种谏鼓，挂在朝堂外，有所谏议或有冤屈者，可以击鼓上达。

⑤贺司空：贺循，字彦先。为人言行举止，必讲礼让，晋元帝时任太常，为九卿之一，主管祭祀礼乐，所以下文说"征作礼官"。死后赠司空。

⑥破冈：地名。

⑦出见辞之：余嘉锡《世说新语笺疏》以为是"出辞见之"的误倒，就是"以群小诉词示阁也"。

⑧门情：世代相交之情。贺循的曾祖父贺齐和张闿的曾祖父张昭都是吴国的名将，两个人关系也很好，所以说有门情。

【译文】

晋元帝时，廷尉张闿住在小集市上，他私自设置里巷的大门，每天关门很早，开门却很晚。附近的百姓为这事很发愁，就到州衙门去告状，衙门不受理；于是去击登闻鼓，还是得不到裁决。大家听说司空贺循外出，到了破冈，就联名到他那里告状。贺循说："我被调做礼官，和这事无关。"百姓给他磕头说："如果府君也不管我们，我们就没有地方申诉了。"贺循没有说什么，只叫大家暂时退下去，说以后见到张廷尉一定替大家问起这件事。张闿听说后，立刻把门拆了，而且亲自到方山去迎接贺循。贺循拿出状辞给他看，说："这件事本用不着我过问，只是和您是世交，互相珍惜彼此门风。"张闿惭愧地谢罪说："百姓有这样的要求，当初没有立刻了解到，门早已拆了。"

一四

【原文】

郗太尉①晚节好谈，既雅非所经②，而甚矜之。后朝觐，以王丞相末年多可恨，每见必欲苦相规诫。王公知其意，每引作他言。临还镇，故命驾诣丞相。丞相翘须厉色③，上坐便言："方当乖别，必欲言其所见。"意满口重，辞殊不流④。王公摄其次⑤曰："后面未期，亦欲尽所怀，愿公勿复谈。"郗遂大瞑,冰衿⑥而出,不得一言。

【注释】

①郗太尉:郗鉴,曾和王导、庾亮等受晋明帝遗诏,辅佐成帝。咸和初年,兼任徐州刺史,镇守京口,后为司空,进位太尉。按,下文说及"还镇",可见大概仍然是镇守京口。
②经:治理,考虑。
③丞相翘须厉色:一本无"丞相"二字,这是对的。"翘须厉色"的是郗鉴。
④不流:不流畅,指语无伦次。
⑤摄其次:指整理他语句的顺序。摄,整理。
⑥冰衿:冷漠。衿,心怀,心情。

【译文】

太尉郗鉴晚年喜欢清谈,所谈的事既不是他向来所考虑的,而他对此却很喜欢夸耀。后来朝见皇帝的时候,因为丞相王导晚年做了许多值得遗憾的事,所以每次见到王导必定要苦苦劝诫他。王导知道郗鉴的意图,就常常用别的话来引开。后来郗鉴快要回到所镇守的地方,特意坐车去看望王导,他翘着胡子,脸色严肃,一落座就说:"快要分手了,我一定要把我所看到的事说出来。"他很自满,口气很重,可是话说得特别不顺当。王导纠正他说话的层次,然后说:"后会无定期,我也想尽量说出我的意见,就是希望您以后不要再清谈。"郗鉴于是非常生气,冷漠地走了,一句话也说不出来。

一五

【原文】

王丞相为扬州,遣八部从事之职①。顾和时为下传还②,同时俱见。诸从事各奏二千石③官长得失,至和独无言。王问顾曰:"卿何所闻?"答曰:"明公作辅,宁使网漏吞舟④,何缘采听风闻,以为察察⑤之政?"丞相咨嗟称佳,诸从事自视缺然也。

【注释】

①"王丞相"句:东晋初,王导任丞相军咨祭酒,兼任扬州刺史。扬州当时统属丹阳、会稽等八郡。按当时官制,每郡置部从事一人,主管督促文书、察举非法等事,所以王导分遣部从事八人。之职,到职视事。

②"顾和"句:王导任扬州刺史时,调顾和任从事,这和部从事是不同的职务。这里的"下传",可能指乘传车(驿车)。当时州里有别驾从事一职,刺史视察各地时,别驾就乘传车随行。顾和大概只以从事身份随部从事到郡里去。

③二千石:是郡太守的通称。太守的俸禄为二千石,即月俸一百二十斛。

④网漏吞舟:能吞下一条船的大鱼逃脱了鱼网,指大坏人逃脱了法网。按,这里指宁可粗疏一点,也不要捕风捉影。

⑤察察:清明。

【译文】

丞相王导担任扬州刺史时,派遣八位从事到各郡任职。顾和当时也随着到郡里视察，回来以后，大家一起谒见王导。部从事们各自启奏郡守的优劣，轮到顾和时，唯独他没有发言。王导问顾和："你听到什么了？"顾和回答说："明公任大臣，宁可让吞舟之鱼漏网，怎么能寻访传闻，凭这些来推行清明的政治呢！"王导赞叹不已，连声说好，众部从事也自愧不如。

一六

【原文】

苏峻东征沈充①，请吏部郎陆迈与俱。将至吴，密敕左右，令入阊门②放火以示威。陆知其意，谓峻曰："吴治平未久，必将有乱。若为乱阶③，请从我家始。"峻遂止。

【注释】

①"苏峻"句：晋明帝太宁二年（公元324年），王敦再次起兵谋反，并任沈充为车骑将军，沈充起兵直向建康。朝廷召临淮太守苏峻领兵入卫京都，大破沈充军。

②阊门：吴的西郭门。

③"若为"句：陆迈是吴郡吴人，反对苏峻在吴地放火，所以先说破苏峻的意图。阶，凭借，原因。

【译文】

苏峻起兵东下讨伐沈充，请吏部郎陆迈与他一起出征。快要到吴地的时候，苏峻秘密吩咐左右随从，让他们进阊门后放火来显示军威。陆迈明白苏峻的意图，对他说："吴地刚太平了不久，这样做一定会引起骚乱。如果要制造骚乱的借口，请从我家开始放火。"苏峻这才作罢。

一七

【原文】

陆玩①拜司空，有人诣之索美酒，得，便自起泻著梁柱间地，祝曰："当今乏才，以尔为柱石之用，莫倾人栋梁。②"玩笑曰："戢③卿良箴。"

【注释】

①陆玩：陆玩是吴郡吴人，晋成帝时，在王导、郗鉴、庾亮等相继死后，受任为司空。他很谦让，曾说："以我为三公，是天下无人矣。"

②"当今"句：这里以柱石比喻三公之位，以栋梁比喻国家，是希望陆玩不要让国家倾覆。

③戢（jí）：收藏，记住。

【译文】

陆玩被授予司空之职，有位客人去看望他，向他索要一杯美酒，拿到酒后，客人便站起来在顶梁柱旁边的地上奠酒，祝告说："当前缺少好材料，才用你做柱石，你千万不要让人家的栋梁塌下来。"陆玩听了笑着说："我记住你的忠告了。"

一八

【原文】

小庾①在荆州,公朝大会,问诸僚佐曰:"我欲为汉高、魏武②,何如?"一坐莫答。长史江虨曰:"愿明公为桓、文③之事,不愿作汉高、魏武也。"

【注释】

①小庾:庾翼,是庾亮的弟弟。曾任安西将军、荆州刺史。
②汉高、魏武:汉高祖刘邦和魏武帝曹操,他们最终夺取了天下。
③桓、文:齐桓公和晋文公,春秋时先后称霸,是"五霸"中最有声望的两个霸主,主张尊奉周王室,抵御外患。

【译文】

庾翼在荆州任职刺史时,在一次僚属拜见长官的大会上,问诸位僚属说:"我想做一番像汉高祖、魏武帝那样的事业,你们看怎么样?"满座的人没有谁敢回答。这时长史江虨说:"希望明公效法齐桓、晋文的事业,不希望您效法汉高、魏武。"

一九

【原文】

罗君章为桓宣武从事,谢镇西①作江夏,往检校之。罗既至,初不问郡事,径就谢数日饮酒而还。桓公问:"有何事?"君章云:"不审公谓谢尚何似人?"桓公曰:"仁祖是胜我许人。"君章云:"岂有胜公人而行非者?故一无所问。"桓公奇其意而不责也。

【注释】

①谢镇西:谢尚,字仁祖,曾任建武将军、江夏相,后进号镇西将军。江夏郡属荆州,当时桓温(死谥宣武)都督荆、梁四州诸军事,任荆州刺史。

【译文】

罗君章担任桓温手下的从事,当时镇西将军谢尚任江夏相,桓温派罗君章到江夏视察谢尚的工作。他到了江夏后,从来不问郡里的政事,径直到谢尚那里喝了几天酒就回去了。桓温问他江夏有什么事,罗君章反问道:"不知道您认为谢尚是怎样的人?"桓温说:"仁祖是胜过我一些的人。"罗君章便说:"哪里有胜过您的人而会去做不合理的事呢,所以政事我一点儿也不问。"桓温认为他的想法很奇特,也就不责怪他。

二〇

【原文】

王右军与王敬仁、许玄度并善。二人亡后,右军为论议更克①。孔岩诫之曰:"明府昔与王、许周旋有情,及逝没之后,无慎终之好,民所不取。"②右军甚愧。

【注释】

①克:刻薄。

②"孔岩"句:孔岩是会稽郡山阴县人。王羲之曾任右军将军、会稽内史,是孔岩家乡的长官。所以孔岩尊称王羲之为明府,自称为民。慎终,谨慎地对待去世的朋友。

【译文】

右军将军王羲之与王敬仁、许玄度两个人交情甚好。王、许二人死后,王羲之对他们的评论却更加刻薄。孔岩劝诫他说:"明府以前和王、许交往,很有情谊,到他们逝世之后,却没有保持始终如一的友情,这是我所不取的。"王羲之听了非常惭愧。

二一

【原文】

谢中郎①在寿春败,临奔走,犹求玉帖镫②。太傅在军,前后初无损益③之言。尔日犹云:"当今岂须烦此?"

【注释】

①谢中郎:谢万,任西中郎将、豫州刺史,受命北征,不战而溃败。当时他哥哥谢安还没有出任官职,只以平民随军,帮助谢万对各将领做了很多工作。

②玉帖镫:用玉装饰的马镫。

③损益:兴利除弊,批评建议。

【译文】

西中郎将谢万在寿春打了败仗,临逃跑时,还要讲究用贵重的玉帖镫。太傅谢安跟随他在军中,从来也没有提过什么意见,这时仍然只说:"现在哪里还需要找这个麻烦!"

二二

【原文】

王大语东亭①:"卿乃复论成不恶②,那得与僧弥戏?"

【注释】

①东亭:王珣,封东亭侯。他的弟弟王珉,小名僧弥,名声超过王珣。当时人们评论说:"法护非不佳,僧弥难为兄。"法护是王珣的小名。
②论成不恶:四字可能有误,"论成"也可能指时人品评已有定论。按,王大意在劝阻王珣,不要去招惹僧弥,以免不胜而自降声誉。

【译文】

王大对东亭侯王珣说:"对您的评论原来就是不错,怎么能与僧弥去开玩笑呢!"

二三

【原文】

殷觊①病困,看人政②见半面。殷荆州兴晋阳之甲③,往与觊别,涕零,属以消息④所患⑤。觊答曰:"我病自当差,正忧汝患耳!⑥"

【注释】

①殷觊(jì):《晋书》本传作"殷顗(yǐ)",任南蛮校尉。

②政:通"正",只。

③兴晋阳之甲:指兴兵。晋阳之甲,指晋阳这个地方的甲兵。按,《公羊传·定公十三年》载,春秋时晋国大夫赵鞅用自己封邑晋阳的甲兵来驱逐国君身边的坏人荀寅和士吉射。而晋安帝(公元397年)时,兖州刺史王恭等想和殷仲堪联合,以讨伐尚书左仆射王国宝为名,起兵内伐,共兴晋阳之举,后晋室杀了王国宝,才作罢。第二年,王恭、殷仲堪又以讨伐谯王司马尚之等为名起兵反,几个月后才罢兵。这就是所谓晋阳之甲。

④消息:将息,休养。

⑤所患:病。

⑥"我病"句:殷仲堪想起兵时,请堂兄殷觊同时起兵。殷觊不但不肯答应,且认为殷仲堪是想排斥异己,培植亲信,非常反对起兵解决朝廷是非。所以殷仲堪去探病时,殷觊说了这样的话。按,《晋书》本传载,觊对仲堪说:"我病不过身死,但汝病在灭门,幸熟为虑,勿以我为念也。"

【译文】

殷觊病重,看人时只能看见半张脸。荆州刺史殷仲堪当时正要起兵内伐,前去与殷觊告别,看见他病成那样,禁不住泪流满面,嘱咐他好好养病。殷觊回答说:"我的病自会好的,我只担心你的病呀!"

二四

【原文】

远公在庐山中,虽老,讲论不辍。弟子中或有堕者①,远公曰:"桑榆之光②,理无远照,但愿朝阳之晖③,与时并明耳。"执经登坐,讽诵朗畅,词色④甚苦⑤。高足之徒,皆肃然增敬。

【注释】

①堕者:同"惰者",懒惰的人。
②桑榆之光:照在桑树、榆树梢上的落日余晖,比喻老年时光。
③朝阳之晖:比喻年少时光。
④词色:同"辞色",言辞和表情。
⑤苦:指恳切。

【译文】

惠远和尚住在庐山时,虽然年纪大了,但还不断地宣讲佛经。弟子中有人偷懒不肯好好学,惠远就说:"我像傍晚的落日余晖,按理说不会照得久远了,但愿你们像早晨的阳光,越来越亮呀!"于是拿着佛经,登上讲坛,诵经响亮而流畅,言辞神态非常恳切。高足弟子,都更加肃然起敬。

二五

【原文】

桓南郡①好猎。每田狩②,车骑甚盛,五六十里中,旌旗蔽隰③。骋良马,驰击若飞,双甄④所指,不避陵壑。或行陈⑤不整,麏⑥兔腾逸,参佐无不被系束。桓道恭,玄之族也,时为贼曹参军⑦,颇敢直言。常自带绛绵绳著腰中,玄问:"此何为?"答曰:"公猎,好缚人士,会当⑧被缚,手不能堪芒⑨也。"玄自此小差。

【注释】

①桓南郡:桓玄,是桓温的儿子,曾任江州刺史、荆州刺史等职。

②田狩:打猎。

③隰(xí):低而湿的地方。

④双甄:作战时军队的左右两翼称双甄。打猎也像打仗,所以也称两翼为双甄。

⑤行陈:即行阵,军队的行列。

⑥麏(jūn):獐子。

⑦贼曹参军:参军是州府的属官,参军分曹(即分科、分部门)办事,贼曹是其中一个部门。

⑧会当:总有一天会。

⑨芒:刺。按,缚人用粗麻绳,绳粗有刺,所以自带绵绳,以免刺扎手。

【译文】

南郡公桓玄喜欢打猎。每次出去打猎的时候,随从的车马非常多,绵延五六十里的地面,旗帜铺天盖地。良马奔驰,飞一样追击着野物;侧翼队伍所向之处,不管山坡山沟,概不回避。有时队列不整齐,或者让獐兔等野物逃脱了,下属官吏没有不被捆起来的。桓道恭是桓玄的族人,当时任贼曹参军,颇敢有话直说,打猎时腰里常常带着一条红绵绳,桓玄问他:"这是干什么用的?"道恭回答说:"您打猎的时候,喜欢捆人,我总会被捆的,怕两只手受不了那粗绳上的芒刺啊。"从此以后,桓玄的脾气稍有好转。

二六

【原文】

王绪、王国宝相为唇齿①,并上下②权要。王大不平其如此,乃谓绪曰:"汝为此欻欻③,曾不虑狱吏之为贵乎④?"

【注释】

①"王绪"句:晋孝武帝时,会稽王司马道子辅政,信任王国宝、王绪堂兄弟。安帝即位后,兖州刺史王恭等憎恨这两个人扰乱朝政,起兵声讨。会稽王为了平息各州的不满,便杀了王绪,把王国宝交付廷尉治罪并赐死。唇齿,比喻有共同利害的双方互相依靠。

②上下:唐写本作"弄","弄"的俗体作"弅"。

③欻欻(xū xū):盛气貌。

④"曾不"句：这是用汉代周勃的故事。周勃免去丞相后回到封国，有人告他谋反，汉文帝把他交给廷尉问罪，使他遭受到狱吏的凌辱。周勃出狱后说："吾尝将百万军，然安知狱吏之贵乎！"这里借用这句话来警告王绪，如不改悔，将来也会下狱治罪的。

【译文】

王绪与王国宝互相勾结，一起倚仗权柄，玩弄权势。王忱很不满意他们的所作所为，就对王绪说："你如此骄横，竟然没有考虑到终有一天会认为狱吏尊贵吗？"

二七

【原文】

桓玄欲以谢太傅宅为营①，谢混曰："召伯之仁，犹惠及甘棠；②文靖③之德，更不保五亩之宅？"玄惭而止。

【注释】

①"桓玄"句：桓玄得势时，谢安已死，他想把谢安旧宅夺过来，遭到谢安孙子谢混的反抗。营，指军营。

②"召伯"句：召伯，即召公，周文王的儿子，封于召地，和周公一样成为一方的首领，所以又叫召伯。召伯巡视南国，住在甘棠树下一所房子里处理政事。他走后，百姓想念他的恩德，就不忍损伤那棵树。

③文靖：指谢安。谢安死后谥号文靖。

【译文】

桓玄想把太傅谢安的住宅要来做军营,谢混对他说:"召伯的仁爱,还能给甘棠树带来好处;文靖的恩德,难道再也保不住五亩大小的住宅吗?"桓玄听了很惭愧,就不再提此事了。

捷悟第十一

【题解】

捷悟指迅速领悟。本篇记载了几则对人、对事物快速而正确地理解和分析的事例。有时突然遇到一件意外的事，在常人尚未理解之时，能根据人或事物的特点、当时的环境、等诸多条件进行来综合分析，做出判断，这就是一种悟性。培养这种能力，可以对付突发事件。例如曹操在一杯酪的盖头上题个"合"字，杨修看到这里没有用"合"字的条件，于是从该字的组成部分看出是"公教人啖一口也"。有时突然出现危险情况，一些人可能被吓得不知所措，而机智的人会迅速适应环境并思考化险为夷的办法，正反映出当局者迷和旁观者清这两种情况。

但是篇内所记，有一些事情跟捷悟似未可等同看待。例如第六则桓温欲夺郗愔兵权，郗愔没体会到这点，而他儿子在桓温手下任参军，明白桓温的想法。这看来是朝夕观察的结果，而非捷悟所致。

一

【原文】

杨德祖①为魏武主簿，时作相国②门，始构榱桷③，魏武自出看，使人题门作"活"字，便去。杨见，即令坏之。既竟，曰："'门'中'活'，'阔'字。王④正嫌门大也。"

【注释】

①杨德祖：杨修，字德祖，曹操任丞相时，调他任主簿，有才学，有悟性。后来被曹操杀害了。

②相国：指丞相。汉代有时设相国，有时设丞相。这里指相国府。

③榱桷（cuī jué）：屋椽。

④王：指曹操。

【译文】

杨德祖担任魏武帝曹操的主簿，当时正建造相国府的大门，刚刚搭建起屋椽，曹操亲自出来查看，并且叫人在门上写个"活"字，然后就走了。杨德祖看见了，立刻叫人把门拆了。拆完后，他说："门里加个'活'字，是'阔'字。魏王正是嫌门大了。"

二

【原文】

人饷①魏武一杯酪，魏武啖少许，盖头上题"合"字以示众，众莫能解。次至杨修，修便啖曰："公教人啖一口②也，复何疑？"

【注释】

①饷：送。

②盖头：用于覆盖的丝麻织品。

③教人啖一口："合"字拆开，就是人、一、口三字，意为一人吃一口。

【译文】

有人送给魏武帝曹操一杯奶酪，曹操吃了一点儿，就在杯盖上写了一个"合"字给大家看，大家都看不懂是什么意思。按次序轮到杨修去看，他（上前）便吃了一口，说："曹公令每人吃一口呀，还犹豫什么！"

三

【原文】

魏武尝过曹娥碑①下，杨修从，碑背上见题作"黄绢幼妇，外孙齑臼②"八字。魏武谓修曰："解不？"答曰："解。"魏武曰："卿未可言，待我思之。"行三十里，魏武乃曰："吾已得。"令修别记所知。修曰："黄绢，色丝也，于字为'绝'；幼妇，少女也，于字为'妙'；外孙，女子也，于字为'好'；齑臼，受辛也，于字为'辞③'：所谓'绝妙好辞'也。"魏武亦记之，与修同，乃叹曰："我才不及卿，乃觉④三十里。"

【注释】

①曹娥碑：曹娥是东汉时的一个孝女，父溺死，她为寻找父亲尸首而死，改葬时给她立了碑，就是曹娥碑。

②齑臼（jī jiù）：捣姜、蒜等的器具。

③辤：辤的异体字是"辝"。

④觉：同"较"，相差，相距。

【译文】

魏武帝曹操曾经从曹娥碑旁路过，杨修跟随着他，见到碑的背面题了"黄绢幼妇，外孙齑臼"八个字。曹操就问杨修说："你理解（这是什么意思）吗？"杨修回答说："明白。"曹操说："你不要说出来，等我想一想。"走了三十里路，曹操才说："我已经想出来了。"他叫杨修把自己的理解另外写下来。杨修写道："黄绢，是有颜色的丝，'色丝'合成'绝'字；幼妇，是少女的意思，'少女'合成'妙'字；外孙，是女儿的儿子，'女子'合成'好'字；齑臼，是承受辛辣东西的，'受辛'合成'辞（辝）'字：这就是（夸它为）'绝妙好辞'。"曹操也把自己的理解写下了，结果和杨修的一样，于是感叹地说："我的才力赶不上你，竟然与你相差三十里。"

四

【原文】

魏武征袁本初①，治装，余有数十斛竹片，咸长数寸。众云并不堪用，正令烧除。太祖②思所以用之，谓可为竹椑楯③，而未显其言。驰使问主簿杨德祖，应声答之，与帝心同。众伏④其辩⑤悟。

【注释】

①袁本初：袁绍，字本初。按，东汉末年，群雄并起，各据一

方。汉献帝时,曹操为司空,独揽朝政;袁绍为大将军,督冀、幽、青、并四州。两个人互相攻伐,规模最大的一场战役是官渡之战。公元200年,曹操大破袁绍于官渡。公元202年,袁绍死。

②太祖:曹操的庙号。
③竹椑(pí)楯:椭圆形的竹盾牌。
④伏:通"服",佩服。
⑤辩:聪明。

【译文】

魏武帝曹操要征讨袁绍时,整治备办军队的装备,还剩下几十斛竹片,都是几寸长的。大家都说这不能用了,正要叫人烧掉。曹操在想怎么利用这些竹片,认为可以用来做竹盾牌,只是还没有把这话说出来。他派人速去问主簿杨德祖,杨德祖随即答复了来人,所答和曹操想的一样。大家都佩服杨德祖的聪明和悟性。

五

【原文】

王敦引军,垂至大桁,明帝自出中堂①。温峤为丹阳尹,帝令断大桁,故未断,帝大怒瞋目,左右莫不悚惧②。召诸公来,峤至不谢,但求酒炙。王导须臾至;徒跣③下地谢曰:"天威④在颜⑤,遂使温峤不容⑥得谢。"峤于是下谢,帝乃释然⑦。诸公共叹王机悟名言。

【注释】

①"王敦"句:晋明帝时,王敦起兵反,但当时他已病重,只

派王含和钱凤率军下京都。垂,将近。大桁(háng),大桥,这里指朱雀桥,在建康城南、朱雀门外,跨秦淮河。中堂,举行朝会等事的厅堂。

②"温峤"句:王敦起兵时,温峤与右将军卞敦守石头城。后王含、钱凤军直达秦淮河南岸,温峤便烧掉朱雀桥,王含军无法渡河。按,《资治通鉴·晋纪》载,温峤转移到秦淮北岸,烧朱雀桥,明帝想亲自领兵进攻,听说桥已毁,大怒。与这里所记不同。

③徒跣(xiǎn):光着脚。

④天威:天子的威严。

⑤颜:脸,这里指眼前。

⑥容:或许,可能。按,一本无"容"字。

⑦释然:形容怒气消释而心平气和。

【译文】

王敦率领军队东下,将要到达朱雀桥,晋明帝亲自到了中堂驻军之地。温峤当时担任丹阳尹,明帝命令他毁掉朱雀桥,结果大桥仍旧没有毁掉,明帝怒目圆睁,非常生气,随从的人都很恐惧。明帝立刻召集大臣们来,温峤到后,没有谢罪,只是求赐酒肉请死。王导接着来到,他光着脚退到地上,谢罪说:"天子的威严就在眼前,于是使温峤吓得不可能谢罪了。"温峤这才退下谢罪,明帝也就心平气和了。大臣们都很赞赏王导的机敏而有悟性的名言。

六

【原文】

郗司空①在北府②,桓宣武恶其居兵权。郗于事机素暗,遣笺诣桓："方欲共奖③王室，修复园陵。"世子嘉宾④出行，于道上闻信至，急取笺，视竟，寸寸毁裂，便回，还更作笺，自陈老病，不堪人间，欲乞闲地自养。宣武得笺大喜，即诏转公督五郡、会稽太守。

【注释】

①郗司空：郗愔，字方回，曾兼任徐、兖二州刺史，都督徐、兖、青、幽诸州军事。后来征拜司空，没有就任。

②北府：即京口，别称北府。按，桓温北伐前，郗愔曾镇守京口。桓温想借用京口的军事力量，就把郗愔调为会稽内史，自己兼任徐、兖二州刺史，率领京口之兵。

③奖：辅佐。

④嘉宾：郗超，字嘉宾，是郗愔的长子，在桓温的大司马府任参军。

【译文】

司空郗愔镇守北府的时候，桓温不喜欢他掌握兵权。郗愔对情势的了解一向糊里糊涂，他派人送信给桓温说："正想与您一起辅佐王室，修复被敌人毁坏的先帝陵寝。"当时他的嫡长子嘉宾正到外地去，在半路听说送信的人到了，急忙拿过他父亲的信来看，看完了，把信撕得粉碎，就返回去，又代他父亲另外写了封信，诉说自己年老多病，经不住世事烦扰，想找个闲散的官位来自我调养。桓温收到信非常高兴，立刻下令把郗愔调为都督浙江东五郡军事、会稽太守。

七

【原文】

王东亭作宣武主簿,尝春月与石头①兄弟乘马出郊。时彦同游者连镳②俱进,唯东亭一人常在前,觉数十步,诸人莫之解。石头等既疲倦,俄而乘舆回。诸人皆似从官,唯东亭奕奕③在前。其悟捷如此。

【注释】

①石头:桓熙的小名,是桓温的长子。
②连镳(biāo):坐骑并排前进。
③奕奕:精神抖擞的样子。

【译文】

东亭侯王珣担任桓温的主簿时,曾在春天与石头兄弟骑马到郊外游玩。当时同游的名流与他们一起同游并进,只有王珣一个人总是走在前面,和他们距离几十步远。大家都不理解其中的缘故。石头等人已经玩得很疲倦了,不久就坐车回去。结果其他人都像侍从官一样跟在后面,只有王珣精神抖擞地走在前面。他就是这样有悟性而且机敏。

夙惠第十二

【题解】

夙惠，同于夙慧，即早慧。本篇的几则故事说的都是关于少年儿童的记忆、观察、推理、释因、理解礼制、表明心迹等方面的能力。编纂者的用意在于说明一般的少年儿童达不到这一水平，而小时候的聪颖预示长大后能成为杰出人物。例如第三则记述在回答"长安何如日远"这一问题时，一个几岁小孩就能从不同角度观察而得出不同的结论。这虽然几近诡辩，却能看出小孩子的机智和善于运用辩论手段的能力。

一

【原文】

宾客诣陈太丘宿，太丘使元方、季方炊。客与太丘论议，二人进火，俱委而窃听。炊忘著箄①，饭落釜中。太丘问："炊何不馏②？"元方、季方长跪曰："大人与客语，乃俱窃听，炊忘著箄，饭今成糜。"太丘曰："尔颇有所识不？"对曰："仿佛志之。"二子俱说，更③相易夺④，言无遗失。太丘曰："如此，但糜自可，何必饭也！"

【注释】

①箄（bì）：算子。
②馏：把半熟的食物蒸熟或把熟的食物蒸热。
③更：交替。
④易夺：改正补充。

【译文】

有位客人拜访太丘长陈寔，并在他家过夜，陈寔就叫儿子元方、季方做饭来款待客人，客人与陈寔则在一起清谈。元方兄弟二人烧上火后，就一起放下手头的事，都跑去偷听。蒸饭时忘了放上算子，要蒸的饭都落到了锅里。陈寔问他们："饭为什么不蒸呢？"元方和季方直挺挺地跪着说："大人和客人清谈，我们二人就一起去偷听，蒸饭时忘了放上算子，现在饭煮成了粥。"陈寔问："你们可记住一点了吗？"兄弟二人回答说："似乎还能记住那些话。"于是兄弟俩一起说，互相穿插补正，一句话也没有漏掉。陈寔说："既然这样，只吃粥也行，何必一定要干饭呢！"

二

【原文】

何晏七岁①，明惠若神，魏武奇爱之。因晏在宫内，欲以为子。晏乃画地令方，自处其中。人问其故，答曰："何氏之庐②也。"魏武知之，即遣还。

【注释】

①"何晏"句：何晏的父亲死得早，曹操任司空时，娶了何晏

的母亲,并收养了何晏。

②庐:简陋的房屋。按,这里指何晏不愿改姓做曹操的儿子。

【译文】

何晏七岁的时候,聪明过人,魏武帝曹操非常喜爱他。因为何晏在曹操府第里长大,曹操想认他做儿子。何晏便在地上画了一个方形框框,自己待在里面。别人问他是什么意思,他回答说:"这是何家的房子。"曹操知道了这件事,随即把他送回了何家。

三

【原文】

晋明帝①数岁,坐元帝膝上。有人从长安来,元帝问洛下消息,潸然流涕。明帝问何以致泣,具以东渡意告之②。因问明帝:"汝意谓长安何如日远?"答曰:"日远。不闻人从日边来,居然可知。"元帝异之。明日,集群臣宴会,告以此意,更重问之。乃答曰:"日近。"元帝失色,曰:"尔何故异昨日之言邪?"答曰:"举目见日,不见长安。"

【注释】

①晋明帝:按,晋元帝司马睿原为安东将军,镇守建康。后来京都洛阳失守,怀帝被俘至平阳,不久,长安也失守。晋愍帝死后,司马睿才即帝位。其长子司马绍后继位为明帝。

②"具以"句:按,晋元帝为琅邪王时,住在洛阳。王导知天下将要大乱,就劝他回到自己的封国,后来又劝他镇守建康,意欲

经营一个复兴帝室的基地。这就是所谓东渡意。

【译文】

晋明帝只有几岁的时候,有一次,坐在元帝的膝上。当时有人从长安来,元帝问起洛阳方面的情况,不由得伤心流泪。明帝问父亲什么事引得他哭泣,元帝就把过江来的意图一五一十地告诉他。于是问明帝:"你看长安和太阳相比,哪个远?"明帝回答说:"太阳远。没听说过有人从太阳那边来,显然可知。"元帝对他的回答感到惊奇。第二天,召集群臣宴饮,就把明帝这个意思告诉大家,并且再重问他一遍,不料明帝却回答说:"太阳近。"元帝惊愕失色,问他:"你为什么和昨天说的不一样呢?"明帝回答说:"现在抬起头就能看见太阳,可是看不见长安。"

四

【原文】

司空顾和与时贤共清言。张玄之、顾敷是中外孙,年并七岁,在床边戏。于时闻语,神情如不相属①。瞑于灯下,二儿共叙客主之言,都无遗失。顾公越席而提其耳曰:"不意衰宗②复生此宝。"

【注释】

①属(zhǔ):依附,集中。
②衰宗:谦称自己的家族。

【译文】

司空顾和与当代贤达一起清谈。张玄之、顾敷是他的外孙和孙子，两个人都是七岁，正坐在床榻旁玩耍。这时听他们谈论，神情似乎漠不关心。后来两个小孩在灯下闭着眼睛，一起复述主客双方的话，一句也没有漏掉。顾和听见了，离开座位，拉着他们的耳朵说："想不到敝家族还生下这样的宝贝！"

五

【原文】

韩康伯数岁，家酷贫，至大寒，止得襦①，母殷夫人自成之，令康伯捉熨斗。谓康伯曰："且著襦，寻作复裈②。"儿云："已足，不须复裈也。"母问其故，答曰："火在熨斗中而柄热，今既著襦，下亦当暖，故不须耳。"母甚异之，知为国器③。

【注释】

①襦（rú）：短袄。
②复裈（kūn）：夹裤。
③国器：治国之才。

【译文】

韩康伯只有几岁的时候，家里非常贫苦，到了冬天的时候，只穿上一件短袄，是他母亲殷夫人亲手做的，做时叫康伯拿着熨斗取暖。母亲告诉康伯说："暂时先穿上短袄，随着就给你做夹裤。"康伯说："这已经够了，不需要夹裤了。"母亲问他为什么，他回答说："火在熨斗里面，熨斗柄也就热了，现在已经穿上短袄，下身也会暖和的，所以不需要再做夹裤呀。"他母亲听了非常惊奇,知道他将来准是个治国的人才。

六

【原文】

晋孝武①年十二,时冬天,昼日不著复衣,但著单练衫五六重,夜则累茵褥②。谢公谏曰:"圣体宜令有常。陛下昼过冷,夜过热,恐非摄养③之术。"帝曰:"昼动夜静④。"谢公出叹曰:"上理不减先帝⑤。"

【注释】

①晋孝武:孝武帝司马曜,简文帝的儿子。
②茵褥:褥子。
③摄养:保养。
④昼动夜静:《老子》第四十五章"躁胜寒,静胜热",此用其意。
⑤先帝:已经去世的皇帝,这里指简文帝。按,简文帝擅长谈玄理。

【译文】

晋孝武帝十二岁那年,当时正值冬天,他白天不穿夹衣,只穿五六件丝绸做的白绢单衣,夜里睡觉时却铺着两张褥子。谢安规劝他说:"圣上应该生活得有规律。陛下白天太冷,夜里太热,这恐怕不是养生的办法。"孝武帝说:"白天活动着就不会冷,夜里不动弹就不会热。"谢安退出来,赞叹说:"皇上说理不比先帝差。"

七

【原文】

桓宣武薨,桓南郡①年五岁,服始除,桓车骑②与送故③文武别,因指语南郡:"此皆汝家故吏佐。"玄应声恸哭,酸④感傍人。车骑每自目己坐曰:"灵宝成人⑤,当以此坐还之。"鞠爱过于所生。

【注释】

①桓南郡:桓玄,小名灵宝,桓温的儿子,袭父爵为南郡公。桓温临死时,指定他做继承人。
②桓车骑:桓冲,是桓温的弟弟,桓玄的叔父,曾任车骑将军。
③送故:指护送遗体回乡的下属。
④酸:悲痛。
⑤"灵宝"句:桓温原来镇守姑孰,死后,朝廷任桓冲为中军将军、扬州刺史,代替桓温镇守姑孰。桓冲说的"以此坐还之",指的就是镇守姑孰的职位。

【译文】

桓温去世时,南郡公桓玄仅有五岁,守孝期满,刚刚脱下丧服,车骑将军桓冲和前来送故的文武官员道别,便指着他们告诉桓玄说:"这些人都是你家的老下属。"桓玄随着他的话恸哭起来,悲痛感人。桓冲每每看着自己的座位说:"等灵宝长大成人,我就要把这个座位交还给他。"桓冲抚养、疼爱桓玄胜过自己的儿女。

豪爽第十三

【题解】

豪爽指豪放直爽。魏晋时代,士族阶层讲究豪爽的风姿气度,他们在待人或处事时,往往喜欢表现出一种宏大的气魄,直截了当,无所顾忌。本篇所记载的主要是气概方面的豪爽。他们或者勇往无前,出入于数万敌兵之中,威震敌胆。或者有所动作,而大刀阔斧,气势磅礴,如第五则记晋明帝驱使武士挖池塘,一夜就完工。或者有所触动而长吟,意气风发,旁若无人,例如第一则。或者纵论古今,豪情满怀,慷慨激昂,如第八则所记。或者声讨乱臣贼子,正言厉色,痛快淋漓,如第六则所记。有时随兴之所至,想干什么就干什么,无所拘束,这也是性格豪放的表现。

一

【原文】

王大将军年少时,旧有田舍名,语音亦楚①。武帝唤时贤共言伎艺②事,人皆多有所知,唯王都无所关,意色殊恶,自言知打鼓吹③。帝令取鼓与之,于坐振袖而起,扬槌奋击,音节谐捷，神气豪上，傍若无人。举坐叹其雄爽。

【注释】

①楚：中原人称南方为"楚"。王敦（字处仲）本是琅邪郡临沂县人，语音不同于中原，一概被说成楚音。

②伎艺：技艺，这里指歌舞。

③鼓吹：指鼓箫等乐器合奏。

【译文】

大将军王敦年轻时，原来就有乡巴佬这个名声，说的话也很粗俗。晋武帝召来当时的名流共同谈论技能才艺之事，别人大多都懂得一些，只有王敦一点也不关心这些事，无话可说，神态、脸色都很不好，自称只懂得打鼓。武帝叫人拿鼓给他，他马上从座位上振臂站起，扬起鼓槌，精神振奋地击起鼓来，鼓音急促和谐，气概豪迈，旁若无人。满座的人都赞叹他的威武豪爽。

二

【原文】

王处仲，世许高尚之目。尝荒恣①于色，体为之弊。左右谏之，处仲曰："吾乃不觉尔，如此者甚易耳！"乃开后阁②，驱诸婢妾数十人出路，任其所之③。时人叹焉。

【注释】

①荒恣：放纵。

②阁：侧门，小门。

③之:到……去。

【译文】

王处仲,当时人们赞许他,以高尚来品评他。他曾经沉迷于女色,身体也因此很疲惫。左右的人规劝他,他说:"我却没有觉察到问题,如果是这样的话也很容易解决呀。"于是打开侧门,把几十个婢妾都放出去,打发上路,任凭她们爱到哪里就到哪里。当时的人很赞赏他。

三

【原文】

王大将军自目:"高朗疏率,学通《左氏》。"

【译文】

大将军王敦评论自己:"高尚开朗,通达直爽,学有专长,精通《左传》。"

四

【原文】

王处仲每酒后,辄咏"老骥伏枥,志在千里。烈士暮年,壮心不已"①。以如意②打唾壶③,壶口尽缺。

【注释】

①"老骥"两句:引自曹操的《龟虽寿》诗,大意是:老了的

千里马趴在马棚里,它的志向却在于驰骋千里;壮士虽然到了晚年,雄心还是不减。按,《晋书·王敦传》载,王敦权势越来越大,想控制朝廷,晋元帝既怕他又恨他,就重用刘隗等人,王敦心意不平,常咏曹操这首诗。

②如意:器物名。

③唾壶:等于痰盂。

【译文】

王处仲每逢喝酒以后,总是吟咏"老骥伏枥,志在千里。烈士暮年,壮心不已"的诗句。还拿如意敲着唾壶打拍子,壶口被打得都是缺口。

五

【原文】

晋明帝欲起池台,元帝不许。帝时为太子,好养武士。一夕中作池,比晓便成。今太子西池①是也。

【注释】

①太子西池:池名。据说是孙吴时代挖成的,叫西苑,后来淤泥堆积满池,晋明帝时又修复,故俗称太子西池。

【译文】

晋明帝想建造池塘,修亭台,他父亲元帝不同意。当时明帝还是太子,喜欢招养一些武士。有一大半夜叫这些人挖池塘,到天亮就挖成了。这就是现在的太子西池。

六

【原文】

王大将军始欲下都处分①树置②,先遣参军告朝廷,讽旨③时贤。祖车骑④尚未镇寿春,瞋目厉声语使人曰:"卿语阿黑⑤,何敢不逊⑥!催摄面⑦去,须臾不尔,我将三千兵槊⑧脚令上⑨!"王闻之而止。

【注释】

①处分:处理。

②树置:栽培,安插。

③讽旨:指暗示自己的意图。

④祖车骑:祖逖,字士稚,死后赠车骑将军。按,祖逖原为奋威将军、豫州刺史,屡建战功。晋元帝太兴二年(公元319年),败于石勒部将,退屯梁国,又退屯淮南郡首府寿春。

⑤阿黑:王敦小名。

⑥逊:谦恭。

⑦摄面:指收起老脸。面,唐写本作"向",一本作"回"。

⑧槊:长矛。此用为动词。

⑨上:指溯江而上。王敦镇守武昌,在建康上游,这里指西上武昌。

【译文】

大将军王敦起初想领兵东下京都,处理朝臣,安插亲信,便先派参军去报告朝廷,并且向当时的贤达暗示自己的意图。那时车骑将军祖逖还没有移到寿春镇守,他瞪起眼睛声色俱厉地告诉王敦的使者说:"你去告诉阿黑,怎么敢这样傲慢无礼!叫他收起老脸躲开!如果不马上走,我就要率领三千兵马用长矛戳他的脚赶他回去。"王敦听说后,就打消了念头。

七

【原文】

庾稚恭既常有中原之志,文康时,权重未在己。[1]及季坚作相,忌兵畏祸,与稚恭历同异者久之,乃果行。[2]倾荆、汉之力,穷舟车之势,师次于襄阳[3],大会参佐,陈其旌甲,亲授弧矢曰:"我之此行,若此射矣!"遂三起三叠[4]。徒众属目[5],其气十倍。

【注释】

[1]"庾稚恭"句:稚恭,是庾翼的字,他想北伐入侵的外族,收复中原。晋成帝时,他哥哥庾亮升任江、荆、豫三州刺史,镇守武昌。后又为司空,遥执朝廷大权。当时庾翼任南蛮校尉、南郡太守,镇守江陵,权位不重。文康,是庾亮的谥号。

[2]"及季坚"句:季坚,是庾冰的字,庾冰是庾亮的弟弟、庾翼的哥哥。王导死后,庾冰任中书监、扬州刺史,参录尚书事。庾亮死后,庾翼任都督六州诸军事、荆州刺史,代庾亮镇守武昌,这才掌握了兵权。晋康帝即位后,庾翼想率师北伐,庾冰和他心意相同,桓温等也赞成,但康帝和大臣多以为难,且派人劝止进军。庾翼不从,违诏北行。这就是所谓"历同异"。但这里说季坚和稚恭历同异,在史书里没有反映。

③"倾荆"句：庾翼北伐时，征调所统六州奴和车牛驴马，并移镇襄阳。

④三起三叠：等于说三发三中。叠，指轻击鼓。徐震堮《世说新语校笺》说："凡军中阅射，中的则以击鼓为号。"

⑤属（zhǔ）目：同"瞩目"，注目。

【译文】

庾稚恭早就有收复中原的志向，可是他哥哥庾亮执政时，兵权不在自己手里。等到庾季坚做丞相时，顾忌出兵惹来祸乱，与稚恭经过了长时间的不同意见的争论，才决定出兵北伐。庾稚恭出动荆州、汉水一带的全部力量，调集了所有的车船，率领军队驻扎到襄阳；在襄阳，召集所有下属开会，摆开军队的阵势，亲自把武器发下去，说："我这一次出征，结果如何，就看我的箭了！"于时连发三箭，三发三中。士兵们全神贯注，大为振奋，士气顿时增长了十倍。

八

【原文】

桓宣武平蜀，集参僚置酒于李势殿，巴、蜀缙绅莫不来萃①。桓既素有雄情爽气，加尔日音调英发②，叙古今成败由人，存亡系才，其状磊落③，一坐叹赏。既散，诸人追味余言，于时寻阳周馥④曰："恨卿辈不见王大将军。"

【注释】

①"桓宣武"句：桓温代蜀地李势一事。萃，聚集，聚会。

②英发：英气勃发。
③磊落：指仪态俊伟。
④周馥：曾为王敦的属官，家住庐江郡寻阳县。按：周馥这话暗示王敦胜过桓温。

【译文】

桓温平定蜀地之后，召集部下在李势原先的官殿里置办酒席，巴、蜀一带的官僚们全都来参加聚会。桓温不但呈现出一向有的豪放的性情、直爽的气概，加以这一天的谈话语调英气勃勃，畅谈古今成败在人，存亡的关键在于人才，他仪态俊伟，满座的人都很赞赏。散会以后，大家还在回忆、玩味他的话，这时寻阳人周馥说："遗憾的是你们没有见过王大将军！"

九

【原文】

桓公读《高士传》，至於陵仲子①便掷去，曰："谁能作此溪刻②自处！"

【注释】

①於（wú）陵仲子：战国时齐国的隐士。据《高士传》载，陈仲子住在於陵，夫妻俩靠编草鞋、织布过活。他哥哥任齐国丞相，仲子认为哥哥的俸禄是不义之财，分文不取。一次有人送他哥哥一只鹅，他母亲杀给他吃，当他知道是别人送他哥哥的，就立刻吐了出来。楚王想请他出任丞相，他便和妻子逃到别处去给人做工。
②溪刻：指行事苛刻，不近情理。

【译文】

桓温读《高士传》时,读到於陵仲子的事迹,就把书抛开,说:"谁能用这种苛刻的、不近情理的做法来对待自己!"

一○

【原文】

桓石虔,司空豁①之长庶②也,小字镇恶。年十七八,未被举③,而童隶已呼为镇恶郎④。尝住宣武斋头⑤。从征枋头,车骑冲没陈⑥,左右莫能先救。宣武谓曰:"汝叔落贼,汝知不?"石虔闻之,气甚奋,命朱辟为副,策马于数万众中,莫有抗者,径致冲还,三军叹服。河朔⑦后以其名断疟⑧。

【注释】

①司空豁:桓豁,是桓温的弟弟,任征西大将军,死后赠司空。
②长庶:妾所生的长子。
③举:立,指正式承认庶出子女的身份地位。
④郎:一种尊称。
⑤斋头:书房。
⑥"从征"句:晋废帝太和四年(公元369年),桓温率领他弟弟桓冲等北伐燕国,一直打到枋(fāng)头。后粮尽退兵,被燕将乘机追击,大败。车骑冲,即桓冲,从桓温出征时是振威将军、江州刺史。桓温死后,他才改任车骑将军、徐州刺史。陈,同"阵",战斗队列。
⑦河朔:黄河以北。

⑧断疟：指消除疟疾，使病痊愈。古人迷信，以为疟疾是疟鬼作祟。由于桓石虔声威大震，当时的人以为对患疟疾的人大喊"桓石虔来"，能把疟鬼吓跑，就会除病。

【译文】

桓石虔是司空桓豁的庶出长子，小名叫镇恶。到了十七八岁时，身份地位还没有得到承认，而家里的奴仆们已经称他为镇恶郎了。他曾住在桓温家里。后来跟随桓温出征到枋头，在一次战斗中，车骑将军桓冲陷入敌阵，他手下的人没有谁能抢先去救他。桓温告诉石虔说："你叔父落入敌人阵里，你知道吗？"石虔听了，勇气倍增，命令朱辟做副手，跃马扬鞭冲入几万敌军的重围中，没有谁能抵挡他，他径直把桓冲救了回来，全军都十分称赞他、佩服他。后来黄河以北的居民就拿他的名字来驱赶疟鬼。

——

【原文】

陈林道①在西岸，都下诸人共要②至牛渚③会。陈理既佳，人欲共言折。陈以如意拄颊，望鸡笼山④叹曰："孙伯符⑤志业不遂！"于是竟坐不得谈。

【注释】

①陈林道：陈逵，字林道，任西中郎将，兼淮南太守，驻守历阳县。淮南郡包括今江苏、安徽一带，在长江北岸，即这里所说的西岸。

②要（yāo）：邀请。

③牛渚：牛渚山，在今安徽当涂，临长江南岸。
④鸡笼山：在今江苏南京市江宁区。
⑤孙伯符：孙策，字伯符，是孙权的哥哥。东汉末封吴侯，平定江东，被仇家射伤而死，传位于孙权。

【译文】

陈林道驻守在长江西岸时，京都的友人们一起邀他到牛渚山来聚会。陈林道谈玄理谈得很好，大家都想用言论驳倒他。陈林道却拿如意支着腮，远望鸡笼山感叹地说："孙伯符志向、事业都没有如愿！"于是大家坐到聚会散时也没机会谈论。

一二

【原文】

王司州在谢公坐，咏"入不言兮出不辞，乘回风兮载云旗①"。语人云："当尔时，觉一坐无人②。"

【注释】

①"入不言兮"两句：引自屈原《九歌·少司命》，大意是：神来时不说话，去时不告辞，乘着旋风，驾着云旗。指神的意向难知，神的形貌也不得见。回风，旋风。云旗，以云为旗。
②"当尔时"句：因为神往超现实的神灵境界，故觉一坐无人。

【译文】

司州刺史王胡之有一次在谢安家做客，吟咏"入不言兮出不辞，乘回风兮载云旗"的诗句。他对别人说："在这个时候，就感觉四周没有一个人。"

一三

【原文】

桓玄西下，入石头，外白司马梁王奔叛①。玄时事形②已济，在平乘③上笳④鼓并作，直高咏云："箫管有遗音，梁王安在哉⑤？"

【注释】

①"桓玄"句：桓玄原为都督荆、司等七州军事，荆州刺史。晋安帝元兴元年（公元402年），他从江陵出发，举兵东下，攻入建康，自为丞相，杀会稽王司马道子。第二年又废晋帝，自称皇帝。桓玄入建康时，梁王司马珍之出逃到寿春，桓玄败后，才返回朝廷。

②事形：事态，局势。

③平乘：大船名，又名平乘舫。

④笳：胡笳，类似笛子的乐器。

⑤"箫管"两句：引自阮籍《咏怀》，这首诗是凭吊战国时魏国的古迹吹台的（吹台在今河南开封）。大意是：箫管奏出的乐曲里还有魏国时的音调，可是魏王又在哪里呢！梁王，即魏王。按，桓玄在这里只是用了"梁王"的字面意义，借指梁王司马珍之。

【译文】

桓玄从西边直下，进入石头城，外面的人报告说司马梁王逃跑了。这时桓玄认为已经大功告成，便在舰船上鼓乐齐鸣，并不看重他的逃亡，只是高声朗诵道："箫管有遗音，梁王安在哉？"

容止第十四

【题解】

容止指人的仪容举止。容止,在本篇里有时偏重讲仪容,例如俊秀、魁梧、白净、光彩照人;有时也会偏重讲举止,例如庄重、悠闲。主要是从好的一面赞美,个别也讥弹貌丑。有相当一部分条目是直接描写容貌举止,也可能着重写某一点,例如眼睛、脸庞;或者某一动作,例如弹琵琶。有一些条目只是点出"美姿仪"等,而不做具体描写;有的用侧面烘托法,表现人物容止之美。例如本篇讲到"看杀卫玠",又王武子"俊爽有风姿",可是看见卫玠就感叹"珠玉在侧,觉我形秽",都没有正面涉及卫玠的容止。有时也用对比的手法,或者用品评的方式说出。

士族阶层讲究仪容举止,这成了魏晋风流的重要组成部分。仪容风采有时甚至能借以活命或办成事情。例如陶侃因苏峻作乱事欲杀庾亮,可是见到庾亮后态度就不一样了,"庾风姿神貌,陶一见便改观;谈宴竟日,爱重顿至"。从此足见注重容止是当时的风尚。

另外,在赞美声中还可以看出一些名士羡慕隐逸、追求超然世外的举止风姿。例如赞叹"此不复似世中人",欣赏"寝处山泽间仪"。这大概都因顾盼生姿、闲适自得而引发人们超尘出世之想。

一

【原文】

魏武①将见匈奴使。自以形陋，不足雄②远国，使崔季珪③代，帝自捉刀立床头。既毕，令间谍问曰："魏王何如？"匈奴使答曰："魏王雅望非常，然床头捉刀人，此乃英雄也。"魏武闻之，追杀此使④。

【注释】

①魏武：曹操。按，下文的帝、魏王都是指曹操，因为他生前封魏王，谥号是武，曹丕登帝后，追尊他为武帝。

②雄：称雄，显示威严。

③崔季珪：崔琰，字季珪，在曹操手下任职。他仪表堂堂，很有威严。而据刘孝标注引说，曹操却是"姿貌短小"。

④"魏武"句：曹操认为匈奴使已经识破了他的野心和做法，所以把使臣杀了。按，此说不大可信。

【译文】

魏武帝曹操将要接见匈奴的使者。他自认为相貌丑陋，不足以在远方国家面前显示出自己的威严，便叫崔季珪来代替他，自己握着刀站在崔季珪的床榻边。接见过后，曹操派密探去问匈奴使节说："魏王怎么样？"匈奴使者回答说："魏王的崇高威望非同一般，可是床边握刀的人，这才是真英雄啊。"曹操听说后，趁使者回国，派人追去杀了这位使者。

二

【原文】

何平叔美姿仪,面至白。魏明帝疑其傅粉①,正夏月,与热汤饼②。既啖,大汗出,以朱衣自拭,色转皎然③。

【注释】

①傅粉:搽粉。汉魏时的贵公子喜欢搽粉,这是当时习气。
②汤饼:汤面。
③皎然:形容又白又亮。

【译文】

何平叔姿态仪容很美,脸很白皙。魏明帝怀疑他搽了粉,想查看一下,当时正好是夏天,就给他吃热汤面。何平叔吃完后,大汗淋漓,自己撩起红衣擦脸,脸色反而更加光洁了。

三

【原文】

魏明帝使后弟毛曾与夏侯玄①共坐,时人谓"蒹葭倚玉树②"。

【注释】

①夏侯玄:初任散骑黄门侍郎,年轻时就很出名。他曾和皇后

的弟弟毛曾并排坐在一起，却认为这是耻辱，因为太不相称。魏明帝很不高兴，就把他降为羽林监。

②蒹葭倚玉树：蒹是荻，葭是芦苇，比喻微贱、貌丑。玉树指传说中的仙树或珍宝制作的树，比喻品貌之美。此指两个品貌极不相称的人在一起。

【译文】

魏明帝让皇后的弟弟毛曾与夏侯玄并排坐在一起，当时的人们认为，这是芦苇倚靠着玉树。

四

【原文】

时人目夏侯①太初"朗朗如日月之入怀"，李安国②"颓唐③如玉山④之将崩"。

【注释】

①夏侯太初：夏侯玄，字太初。
②李安国：李丰，字安国，任中书令，后被杀。
③颓唐：指精神萎靡不振。
④玉山：用玉石堆成的山，用来形容仪容美好。

【译文】

当时的人评论夏侯玄好像是怀里揣着日月一样光彩照人，评论李丰则是精神萎靡不振，像玉山将要崩塌一样。

五

【原文】

嵇康身长七尺八寸①,风姿特秀。见者叹曰:"萧萧肃肃②,爽朗清举③。"或云:"肃肃④如松下风,高而徐引⑤。"山公曰:"嵇叔夜之为人也。岩岩⑥若孤松之独立;其醉也,傀俄⑦若玉山之将崩。"

【注释】

①七尺八寸:古代的尺寸,长度没有现代那么长,不过七尺八寸也表明身材高大。

②萧萧肃肃:萧萧形容举止潇洒脱俗,肃肃形容清静。

③举:挺拔。

④肃肃:象声词,形容风声。

⑤徐引:舒缓悠长。

⑥岩岩:形容高峻挺拔。

⑦傀俄:同"巍峨",形容高大雄伟。

【译文】

嵇康身高七尺八寸,风度姿态秀美出众。看到他的人都赞叹道:"他风度潇洒安详,气质豪爽清逸。"有人说:"他像松树间沙沙作响的风声,高远而舒缓悠长。"山涛评论他说:"嵇叔夜的为人,像挺拔的孤松傲然独立;他的醉态,像高大的玉山将要崩塌的样子。"

六

【原文】

裴令公目王安丰:"眼烂烂①如岩下②电。"

【注释】

①眼烂烂:指目光闪闪。烂烂,明亮的样子。
②岩下:山岩之下,比喻"眉棱下"。

【译文】

中书令裴楷评论安丰侯王戎说:"他的眼睛灼灼射人,就像山岩下的闪电。"

七

【原文】

潘岳妙有姿容,好神情①。少时挟弹出洛阳道,妇人遇者,莫不连手共萦②之。左太冲绝丑,亦复效岳游遨,于是群妪齐共乱唾之,委顿③而返。

【注释】

①神情:神态风度。
②萦:围绕。按,《语林》说,潘岳外出,妇女们都会抛果子给他,常常能抛满一车。
③委顿:很疲乏。

【译文】

潘岳有美好的容貌和优雅的神态风度。少年时带着弹弓走在洛阳大街上,遇到他的妇女无不手拉手地一同围住他。左太冲长得非常难看,他也来学潘岳到处游逛,这时妇女们就都朝他乱吐唾沫,弄得他垂头丧气地回来了。

八

【原文】

王夷甫容貌整丽,妙于谈玄。恒捉白玉柄麈尾,与手都无分别①。

【注释】

①"恒捉"句:魏晋谈玄之士,经常拿着拂尘,相习成俗,王公贵人多拿此物。拂尘以玉为柄,王衍的手生得白净,和玉色无异。

【译文】

王夷甫容貌端庄漂亮,善于谈论玄理,平常总拿着白玉柄拂尘,白玉的颜色和他的手完全没有分别。

九

【原文】

潘安仁、夏侯湛并有美容,喜同行,时人谓之"连璧①"。

【注释】

①连璧:璧是一种玉器,连璧指两璧相连,比喻并美。按,《晋书·夏侯湛传》载,潘、夏二人常常同行同止,出则同车,入则同席。

【译文】

潘安仁和夏侯湛两个人都有漂亮的容貌,而且喜欢一起出行,当时的人们评论他们是"连璧"。

一〇

【原文】

裴令公有俊容姿,一旦有疾,至困,惠帝使王夷甫往看。裴方向壁卧,闻王使至,强回视之。王出,语人曰:"双眸闪闪若岩下电,精神挺动①,体中故小恶。"

【注释】

①挺动:动摇,晃动,这里指精神分散。

【译文】

中书令裴楷容貌俊美。有一次生了病,非常疲乏,晋惠帝派王夷甫去看望他。这时裴楷正面向墙壁躺着,听说王夷甫奉命来此,就勉强回过头去看他。王夷甫告辞出来后,告诉别人说:"他双目闪闪,好像山岩下的闪电;可是精神分散,身体确实有点儿不舒服。"

一一

【原文】

有人语王戎曰:"嵇延祖①卓卓②如野鹤之在鸡群。"答曰:"君未见其父耳。"

【注释】

①嵇延祖:嵇绍,字延祖,是嵇康的儿子。
②卓卓:形容超群出众,气度不凡。

【译文】

有人对王戎说:"嵇延祖气度不凡,在人群中就像野鹤站在鸡群中一样突出。"王戎回答说:"那是因为您还没有见过他的父亲啊!"

一二

【原文】

裴令公有俊容仪,脱冠冕①,粗服乱头皆好,时人以为"玉人②"。见者曰:"见裴叔则,如玉山上行,光映照人。"

【注释】

①冠冕:帝王、大夫所戴的礼帽。
②玉人:比喻容貌美丽的人。

【译文】

中书令裴叔则仪表出众，就算是脱下礼帽，穿着粗陋的衣服，头发蓬松，也都很美，当时的人们说他是"玉人"。见到他的人说："看见裴叔则，就像在玉山上行走那样，感到光彩照人。"

一三

【原文】

刘伶身长六尺①，貌甚丑悴②，而悠悠忽忽③，土木形骸④。"

【注释】

①六尺：相当于现在四尺多一点，是比较矮小的。
②悴：憔悴。
③悠悠忽忽：悠闲、不经意的样子。
④土木形骸：把身体当成土木，不加修饰，状态自然。

【译文】

刘伶身高四五尺，相貌非常丑陋憔悴，可是他的神情悠闲恍惚，不修边幅，质朴自然。

一四

【原文】

骠骑王武子①是卫玠之舅，俊爽有风姿。见玠，辄叹曰：

"珠玉在侧，觉我形秽。"

【注释】

①王武子：王济，字武子，死后追赠骠骑将军。他的外甥卫玠，风采秀异，见者皆以为玉人。

【译文】

骠骑将军王武子是卫玠的舅父，容貌长得俊秀，精神清爽，很有风度仪表。他每见到卫玠，总是赞叹说："珠玉在我身边，就使我觉得我自己的形象丑陋了！"

一五

【原文】

有人诣王太尉①，遇安丰、大将军、丞相在坐；往别屋，见季胤、平子。还，语人曰："今日之行，触目见琳琅②珠玉。"

【注释】

①王太尉：王衍。按，在王衍家所遇的五个人都是王衍的兄弟或堂兄弟，安丰即王衍堂兄王戎，大将军即堂弟王敦，丞相即堂弟王导，季胤是弟弟王诩的字，平子是弟弟王澄的字。

②琳琅：美玉，比喻人物风姿秀逸。

【译文】

有人去拜访太尉王衍，遇到安丰侯王戎、大将军王敦、丞相王导在座；到另一间屋里去，又见到王季胤、王平子。回来后，他告诉别人说："今天走这一趟，满眼都是珠宝美玉。"

一六

【原文】

王丞相见卫洗马①，曰："居然有羸，虽复终日调畅，若不堪罗绮②。"

【注释】

①卫洗（xiǎn）马：卫玠，任太子洗马。体弱多病。
②罗绮：有花纹的丝织品。

【译文】

丞相王导见到太子洗马卫玠，说："身体显然很瘦弱的样子，虽然整天调养身体，但好像连轻软的衣服也承受不起似的。"

一七

【原文】

王大将军称太尉："处众人中，似珠玉在瓦石间。"

【译文】

大将军王敦称赞太尉王衍说："他处在众人中间，就像是珍珠宝玉放在瓦砾石块中间一样。"

一八

【原文】

庾子嵩长不满七尺,腰带十围①,颓然②自放③。

【注释】

①十围:两手的拇指和食指合拢起来的圆周长是一围,腰宽十围已经是很粗的了。
②颓然:温和、顺从的样子。
③自放:指自我放纵,不拘礼法。

【译文】

庾子嵩身高不足七尺,腰带却有十围长短,可是他本性和顺,纵情放达。

一九

【原文】

卫玠从豫章至下都①,人久闻其名,观者如堵墙②。玠先有羸疾,体不堪劳,遂成病而死。时人谓"看杀卫玠"。

【注释】

①下都:指京都建康。西晋旧都洛阳,所以后来称新都为下都。按,卫玠渡江后,先到豫章(首府在南昌),后到建康,人们听说他

容貌非凡,观者如堵。

②堵墙:墙。

【译文】

卫玠从豫章郡来到京城时,京城的人们早就听闻他的名声,出来围观的人多得像一堵墙似的。卫玠本来就有虚弱的病,这样一来身体受不了这种劳累,终于形成重病而死。当时的人说是"看死卫玠"。

二〇

【原文】

周伯仁道桓茂伦①:"嶔崎②历落③可笑④人"。或云谢幼舆言。

【注释】

①桓茂伦:桓彝,字茂伦。他很达观,善于鉴别人才,享有盛名,一向为周伯仁所推崇。
②嶔(qīn)崎:山高峻,比喻人高大英俊。
③历落:指举止洒脱。
④可笑:可喜。

【译文】

周伯仁称赞桓茂伦:"高大英俊,举止潇洒,是个招人喜爱的人。"有人说这是谢幼舆说的话。

二一

【原文】

周侯说王长史父①:"形貌既伟,雅怀有概②,保而用之,可作诸许物③也。"

【注释】

①王长史父:王濛的父亲王讷。
②有概:有风度。
③诸许物:一切事情,许多事情。

【译文】

武城侯周颛评论长史王濛的父亲:"身体既魁梧,又有高雅的情怀、不凡的风度,保持并发扬这些特长,就可以做许多事情。"

二二

【原文】

祖士少见卫君长云:"此人有旄仗①下形。"

【注释】

①旄仗:旗帜和仪卫。

【译文】

祖士少见到卫君长说:"这个人颇有仪仗下将帅的风度。"

二三

【原文】

石头事故①,朝廷倾覆。温忠武②与庾文康③投陶公求救,陶公④云:"肃祖顾命不见及⑤,且苏峻作乱,衅由诸庾,诛其兄弟,不足以谢天下。"于时庾在温船后闻之,忧怖无计。别日,温劝庾见陶,庾犹豫未能往。温曰:"溪狗⑥我所悉,卿但见之,必无忧也。"庾风姿神貌,陶一见便改观。谈宴竟日,爱重顿至。

【注释】

①石头事故:指苏峻作乱。晋成帝咸和二年(公元327年),庾亮执掌朝政,下诏征历阳内史苏峻为大司农。苏峻一向怀疑庾亮想谋害自己,便起兵反,攻陷建康,自掌朝政,颁布大赦,独不赦庾亮兄弟。第二年又把晋帝迁到石头城。这时陶侃、温峤、庾亮等起兵讨伐苏峻。数月后,苏峻败死。

②温忠武:温峤,谥忠武。苏峻作乱时,温峤任平南将军、江州刺史,驻扎寻阳。后庾亮战败,逃到他那里,他劝庾亮去见陶侃,并共推陶侃为盟主,一起起兵讨伐。

③庾文康:庾亮,晋明帝皇后的哥哥,谥文康。

④陶公:陶侃。苏峻作乱时,为征西大将军、荆州刺史,镇守江陵。

⑤ "肃祖"句：肃祖是晋明帝的庙号；顾命指君主临终的命令。晋明帝病重时，王导、庾亮、温峤等同受顾命，辅佐幼主晋成帝。明帝死后，太后临朝听政，政事由庾亮决定。陶侃因为自己不在受顾命之列，深以为憾。

⑥ 溪狗：即傒狗。吴人把江西一带的人叫为傒狗，是指其语音不正，含鄙薄义。陶侃本鄱阳人，所以也得此称谓。

【译文】

石头城事变发生，朝廷倾覆了。温峤和庾亮投奔陶侃向他求救。陶侃说："明帝当初的遗诏并没有涉及我。况且苏峻作乱，事端都是由庾家的人挑起的，就是杀了庾家兄弟，也不足以向天下人谢罪。"这时庾亮正在温峤的船后，听见这些话，既发愁，又害怕，无计可施。有一天，温峤劝庾亮去见一见陶侃，庾亮很犹豫，不敢去。温峤说："那溪狗我很了解，你只管去见他，一定不会出什么事的。"庾亮那非凡的风度仪表，使得陶侃一见便改变了原来的看法；和庾亮畅谈欢宴了一整天，陶侃对庾亮的爱慕和推重一下子达到了顶点。

二四

【原文】

庾太尉在武昌，秋夜气佳景清，使吏殷浩、王胡之之徒登南楼理咏①。音调始遒②，闻函道③中有屐声甚厉，定是庾公。俄而率左右十许人步来，诸贤欲起避之。公徐云："诸君少往，老子④于此处兴复不浅。"因便据胡床⑤与诸人咏谑⑥，竟坐甚得任乐⑦。后王逸少下，与丞相言及此事。丞相曰："元规尔时风范⑧不得不小颓⑨。"右军答曰:"唯丘壑⑩独存。"

【注释】

①"庾太尉"句:苏峻叛乱平定后,庾亮(字元规)升任都督江、荆等六州诸军事,移镇武昌。使吏,一本作"佐吏",《晋书·庾亮传》也作"佐吏",指地方长官的僚属。理咏,吟咏,作诗吟唱。

②遒(qiú):高昂。

③函道:楼梯。

④老子:老人自称,等于老夫。

⑤胡床:交椅,是椅腿交叉,能折叠的一种坐具,即马扎儿。

⑥谑(xuè):开玩笑。

⑦任乐:尽情欢乐。

⑧风范:气派。

⑨颓:低落,收缩。

⑩丘壑:山水幽美处所,是隐士所居之地,比喻深远的意境。

【译文】

太尉庾亮在武昌的时候,正值秋夜,天气凉爽,景色清幽,属官殷浩、王胡之等人登上南楼吟诗咏唱。音调正在吟兴高昂之时,听见楼梯上传来急促的木屐的声音,料定是庾亮来了。接着庾亮带着十来个随从走来,大家就想起身回避。庾亮慢条斯理地说道:"诸君暂且留步,老夫对这方面兴趣也不浅。"于是就坐在马扎儿上,和大家一起吟咏、谈笑,满座的人都能尽情欢乐。后来王逸少东下建康,和丞相王导谈到这件事。王导说:"元规那时候的气派也不得不收敛一点儿。"王逸少回答说:"唯独幽深的情趣还保留着。"

二五

【原文】

王敬豫①有美形,问讯②王公。王公抚其肩曰:"阿奴恨才不称。"又云:"敬豫事事似王公。"

【注释】

①王敬豫:王恬,字敬豫,是王导的儿子,好武,不拘礼法,王导并不喜欢他。
②问讯:问安。

【译文】

王敬豫有美好的容貌。有一次他去向父亲王导请安,王导抚拍着他的肩膀说:"你遗憾的是才能和形貌不相称。"有人说:"敬豫样样都像王公。"

二六

【原文】

王右军见杜弘治,叹曰:"面如凝脂①,眼如点漆,此神仙中人。"时人有称王长史形者,蔡公曰:"恨诸人不见杜弘治耳。"

【注释】

①凝脂:凝固的油脂,形容白嫩。

【译文】

右军将军王羲之见到杜弘治,赞叹说:"脸像凝脂一样白嫩,眼睛像点上漆一样黑亮,这是神仙之中的人。"当时有人称赞长史王濛的相貌,司徒蔡谟说:"可惜这些人没有见过杜弘治啊!"

二七

【原文】

刘尹道桓公:"鬓如反猬皮①,眉如紫石棱②,自是孙仲谋③、司马宣王④一流人。"

【注释】

①"鬓如"句:《晋书·桓温传》载,桓温豪爽有风度,相貌威武,面有七星,刘惔曾称赞他说:"温眼如紫石棱,须作猬毛磔,孙仲谋、晋宣王之流亚也。"反猬皮,大概指猬毛翻开、四散竖起的样子。
②紫石棱:陇州所出紫色石的棱角。
③孙仲谋:孙权的字,他是吴国的开国之主。
④司马宣王:司马懿,晋国初建时,追尊为宣帝。司马懿为晋朝的建立奠定了基础。

【译文】

丹阳尹刘惔评论桓温说:"双鬓像竖起的刺猬毛,眉毛像有棱有角的紫石棱,确实是孙仲谋、司马宣王一类的人物。"

二八

【原文】

王敬伦①风姿似父,作侍中,加②授桓公公服,从大门入。桓公望之曰:"大奴③固自有凤毛④。"

【注释】

①王敬伦:王劭,字敬伦,是王导的第五个儿子。
②加:指加官,在原有官职外加领其他官职。据《晋书·哀帝纪》载,兴宁元年,加征西大将军桓温侍中、大司马之职。
③大奴:指王劭。
④凤毛:凤毛是珍稀之物,比喻有父辈的才华、风采。

【译文】

王敬伦风度姿态像他的父亲,他担任侍中时,给桓温加授官服,从大门进官署。桓温远远望着他,说:"大奴的确有他父亲的风采。"

二九

【原文】

林公道王长史:"敛衿①作一来②,何其轩轩③韶举④!"

【注释】

①敛衿:整理衣襟,表示肃敬。按,王濛年轻时放纵不羁,不

为乡里所齿,晚年才克己厉行。

②来:语气词。

③轩轩:形容仪态轩昂。

④韶举:优美的举止。

【译文】

支道林评论长史王濛说:"他收拢衣襟站起来时,仪态是多么轩昂优美啊!"

三〇

【原文】

时人目王右军:"飘如游云,矫若惊龙①。"

【注释】

①"飘如"句:按《晋书》本传载,这是评论王羲之的书法笔势的。

【译文】

当时的人评论右军将军王羲之说:"他飘逸得像流动的云一样,矫捷得像被惊动的龙一样。"

三一

【原文】

王长史尝病,亲疏不通。林公来,守门人遽启之曰:"一异人在门，不敢不启。"王笑曰："此必林公。"

【译文】

长史王濛有一次生了病，无论亲疏来探病，一律都不许通报。一天支道林来访时，守门人立刻去禀报王濛说："有一个相貌特别的人来到门口，我不敢不禀报。"王濛笑道："这一定是林公。"

三二

【原文】

或以方谢仁祖不乃重者。桓大司马曰："诸君莫轻道，仁祖企脚①北窗下弹琵琶，故自有天际真人②想。"

【注释】

①企脚：指跷起腿。
②真人：修真得道的人，泛指仙人。按，谢仁祖（即谢尚）擅长音乐，通晓众艺。

【译文】

有人拿别人来与谢仁祖并列，这样对谢尚不是很尊重。大司马桓温说："诸位不要轻易评论，仁祖跷起腿在北窗下弹琵琶的时候，确是有天上神仙的情怀。"

三三

【原文】

王长史为中书郎,往敬和许。尔时积雪,长史从门外下车,步入尚书①,著公服。敬和遥望叹曰:"此不复似世中人!"

【注释】

①尚书:指尚书省。按,《晋书·王洽传》只说王洽(字敬和)历任中书郎、中军长史、司徒左长史等职,没有说他在尚书省担任什么职务。

【译文】

长史王濛担任中书郎的时候,一次到王敬和那里去。那时连日下雪,王濛从门外下车,走进尚书省,穿着官服。王敬和远远望见雪景衬着王濛,赞叹说:"这人不再像是尘世中人!"

三四

【原文】

简文作相王时,与谢公共诣桓章武。王珣先在内,桓语王:"卿尝欲见相王,可住帐里。"二客既去,桓谓王曰:"定何如?"王曰:"相王作辅①,自然湛若神君②,公亦万夫之望,不然,仆射③何得自没?"

【注释】

①辅:辅相,丞相。
②神君:神灵,神仙。
③仆射:指谢安。

【译文】

简文帝担任丞相时,与谢安一同去看望桓温。这时王珣已经先在帷帐内,桓温对王珣说:"你过去想见相王,现在可以留在帷帐后面。"两位客人走了以后,桓温问王珣说:"相王究竟怎么样?"王珣说:"相王任丞相,自然像神灵一样清澈,您也是万民的希望,不然,仆射怎么会自甘藏拙呢!"

三五

【原文】

海西①时,诸公每朝,朝堂犹暗,唯会稽王来,轩轩如朝霞举。

【注释】

①海西:即晋废帝海西公。

【译文】

海西公在位时,大臣们每次早朝,殿堂里还很暗,但只有会稽王到来时,他气宇轩昂的样子,才(使朝堂)像朝霞高高升起一样。

三六

【原文】

谢车骑道谢公:"游肆①复无乃高唱,但恭坐捻鼻②顾睐③,便自有寝处山泽间仪。"

【注释】

①游肆:尽情游乐。
②捻(niē)鼻:堵住或捏住鼻子。按,谢安能作洛下书生咏,但有鼻疾,所以发音浊。这里所说捻鼻,即指作洛下书生咏。
③顾睐(lài):左右顾盼。

【译文】

车骑将军谢玄称道谢安:"他处在游乐之所不再高歌唱咏,只是端坐着捏着鼻子,顾盼自如,就会有栖止于山水草泽间的仪态。"

三七

【原文】

谢公云:"见林公双眼,黯黯①明②黑。"孙兴公见林公:"棱棱③露其爽。"

【注释】

①黯(àn)黯:黑黑的。

②明：照亮。
③棱棱：形容威严方正貌。

【译文】
谢安说："我觉得林公的双眼，黑油油的，能照亮黑暗的地方。"孙兴公也觉得支道林是："他威严的眼神里透露出豪爽的姿态。"

三八

【原文】
庾长仁①与诸弟入吴，欲住亭②中宿。诸弟先上，见群小满屋，都无相避意。长仁曰："我试观之。"乃策杖将一小儿，始入门，诸客望其神姿，一时退匿。

【注释】
①庾长仁：庾统，字长仁，是庾亮的侄儿。
②亭：设在道边供旅客停宿的公房。

【译文】
庾长仁与几位弟弟过江到吴地，半途中想在驿亭里住宿。几个弟弟先进去，看见满屋子住的都是平民百姓，这些人一点回避的意思也没有。长仁说："我试着进去看看。"于是就拄着拐杖，扶着一个小孩，刚进门，旅客们望见他的神采，一下子都躲开了。

三九

【原文】

有人叹王恭形茂者,云:"濯濯①如春月柳。"

【注释】

①濯濯:形容有光泽,清朗。

【译文】

有人赞赏王恭形貌丰满美好,说:"他像春天的杨柳一样光鲜夺目。"

自新第十五

【题解】

自新，指自觉改正错误，重新做人。本篇只有两则。一则说明改正错误要振作起来，应有一息尚存、决不松懈之志。二则说明有才要用到正道上，知错必改。

一

【原文】

周处①年少时，凶强侠气②，为乡里所患，又义兴水中有蛟，山中有遭迹虎③，并皆暴犯百姓，义兴人谓为"三横④"，而处尤剧。或说处杀虎斩蛟，实冀三横唯余其一。处即刺杀虎，又入水击蛟。蛟或浮或没，行数十里，处与之俱，经三日三夜，乡里皆谓已死，更相庆。竟杀蛟而出。闻里人相庆，始知为人情所患，有自改意。乃自吴⑤寻二陆⑥，平原不在，正见清河，具以情告，并云："欲自修改⑦，而年已蹉跎⑧，终无所成。"清河曰："古人贵朝闻夕死⑨，况君前途尚可。且人患志之不立，亦何忧令名不彰邪？"处遂改励，终为忠臣孝子。

【注释】

①周处：字子隐，吴兴郡阳羡县人，后改属义兴郡（郡治在今江苏宜兴）。青少年时胡作非为，横行乡里，后勇于改过，在晋朝任广汉太守、御史中丞。

②侠气：指刚强不屈的气概。

③邅（zhān）迹虎：《孔氏志怪》说："义兴有邪足虎，溪渚长桥有苍蛟，并大啖人。"邅迹虎即邪足虎，跛脚老虎。

④横：指残暴的东西。

⑤自吴：《晋书·周处传》作"入吴"，对。

⑥二陆：指陆机、陆云兄弟。兄弟齐名，号为二陆，吴人。陆机后来在晋朝曾任平原郡内史，陆云曾任清河郡内史，所以下文直呼为平原、清河。按，陆机比周处年轻二十多岁，所以周处年少时不可能寻访二陆。

⑦修改：加强修养，改正错误。

⑧蹉跎：虚度光阴。

⑨朝闻夕死：这是用《论语·里仁》"朝闻道，夕死可矣"的意思，大意是：早上听到了真理，就算晚上死去也不算虚度此生。

【译文】

周处年轻时，凶狠倔强，好意气用事，被乡里的人认为是一个祸害，加上义兴郡河里有一条蛟龙，山上有一只跛脚的老虎，都残暴地侵害百姓，义兴人把他们称为"三害"，其中周处危害更大。有人劝周处去杀虎斩蛟，其实是希望三横中只剩下一个。周处立刻上山刺杀了老虎，又下河去斩蛟龙。蛟龙时而浮出水面，时而潜入水底，游了几十里，周处始终和蛟龙在一起搏斗。经过三天三夜，乡亲们都认为他已经死了，互相庆贺。没想到周处竟然杀死蛟龙，从水里出来了。他听说乡亲互相庆贺，才知道自己是人们所痛恨的人,就有意改过自新。于是到吴郡寻找陆机、陆云兄弟,平原郡内史陆机不在家,只见到清河郡内史陆云,就把情况一五一十地告诉了陆云,并且说:"自己想加强修养,改正错误,可是岁月已经虚度,恐怕终究不会有什么成就。"陆云说:"古人尚且重视朝闻夕死,何况您的前途还远大着呢。再说,一个人就怕不能立志,又何必担心美名不能显扬呢!"于是周处便改正错误,振作起来,最终成了忠臣孝子。

二

【原文】

戴渊少时,游侠①不治行检②,尝在江淮间攻掠③商旅。陆机赴假还洛,辎重④甚盛,渊使少年掠劫。渊在岸上,据胡床指麾⑤左右,皆得其宜。渊既神姿锋颖⑥,虽处鄙事,神气犹异。机于船屋上遥谓之曰:"卿才如此,亦复作劫⑦邪?"渊便泣涕,投剑归机,辞厉⑧非常。机弥重之,定交,作笔荐焉。过江,仕至征西将军。

【注释】

①游侠:指重信义、轻生死的人。

②行检:品行。

③攻掠:袭击,抢劫。

④辎重:行李。

⑤指麾:同"指挥"。

⑥锋颖:挺拔突出。

⑦劫：强盗。
⑧辞厉：言辞激切。

【译文】

戴渊年轻时，很侠义，行为不检点，曾经在长江、淮河地区袭击、抢劫商人和旅客的财物。陆机度假后返回洛阳，路上携带的行李很多，戴渊便指使一班年轻人去抢劫他。戴渊在岸上，坐在马扎儿上指挥手下的人，安排得头头是道。戴渊原本风度仪态挺拔不凡，虽然是处理抢劫这种事，神气仍旧与众不同。陆机在船舱里远远地对他说："你有这样的才能，还要做强盗吗？"戴渊感悟流泪，便扔掉剑投靠了陆机。他的谈吐非同一般，陆机更加看重他，和他结为朋友，并写信推荐他。过江以后，戴渊做官做到征西将军。

企羡第十六

【题解】

企羡,指举踵仰慕,同于企慕,指敬仰思慕。仰慕什么?人、事、物都可以,诸如出众的、善于清谈的、博学多才的、超尘脱俗的人物,太平盛世,吟咏盛事,这都在企羡之列。

一

【原文】

王丞相拜司空,桓廷尉作两髻①、葛裙②、策杖,路边窥之。叹曰:"人言阿龙超,阿龙③故自超④。"不觉至台门。

【注释】

①两髻:把头发分向两边梳成两个发髻。
②葛裙:葛布做的裙。
③阿龙:指王导,王导小名赤龙。
④超:卓越,出众。

【译文】

丞相王导被授任为司空，就任的时候，廷尉桓彝把头发梳成两个发髻，穿着葛布下裳，拄着拐杖，在路边观察他。赞叹说："人们说阿龙出众，阿龙确实出众！"不觉跟随他到官府大门口。

二

【原文】

王丞相过江，自说昔在洛水边，数①与裴成公②、阮千里③诸贤共谈道④。羊曼曰："人久以此许卿，何须复尔？"王曰："亦不言我须此，但欲⑤尔时不可得耳！"

【注释】

①数：屡次。

②裴成公：裴頠，谥号为成。

③阮千里：阮瞻，字千里。

④道：道家所说的道，指产生物质世界的总根源。这里指老庄学说。

⑤欲：原注：一作"叹"。

【译文】

丞相王导到江南后，自己说起以前在洛水岸边，屡次与裴頠、阮千里诸贤达共同谈论玄理。羊曼说："人们早就因为这件事称赞你，哪里还需要再说呢！"王导说："也不是说我需要说起这件事,只是想到那样的时刻不会再有啊!"

三

【原文】

王右军得人以《兰亭集序》①方《金谷诗序》,又以己敌石崇,甚有欣色。

【注释】

①兰亭集序:晋穆帝永和九年(公元353年)王羲之和谢安等四十一人聚会兰亭,饮酒赋诗。后来王羲之把这些诗汇编成集,并写了一篇序,就是《兰亭集序》。这和石崇的《金谷诗序》的写作过程是相仿的,且当时人们认为两篇序文的文辞也有可比拟之处。

【译文】

右军将军王羲之从别处得知人们把《兰亭集序》和《金谷诗序》并列,又把自己和石崇相匹敌,脸上便颇有欣喜之色。

四

【原文】

王司州先为庾公记室参军,后取殷浩①为长史。始到,庾公欲遣王使下都,王自启求住,曰:"下官希见盛德,渊源始至,犹贪与少日周旋。"

【注释】

①殷浩：字渊源，起初在庾亮手下任记室参军，后升为长史。

【译文】

司州刺史王胡之先前担任庾亮的记室参军，后来庾亮又调殷浩来担任长史。殷浩刚到，庾亮想派王胡之带使命到京都，王胡之表白心愿，请求留下，说："下官很少见到德高望重的人，渊源刚来，我还贪恋着和他叙谈几天呢。"

五

【原文】

郗嘉宾得人以己比苻坚①，大喜。

【注释】

①苻坚：十六国时期前秦国君，夺取前秦政权，自称大秦天王。屡建战功，并整饬内政，是个博学多才的人。

【译文】

郗嘉宾得知人们把自己比作苻坚，非常高兴。

六

【原文】

孟昶未达时,家在京口。尝见王恭①乘高舆,被鹤氅裘②。于时微雪,昶于篱间窥之,叹曰:"此真神仙中人!"

【注释】

①王恭:曾任青、兖二州刺史,镇守京口。
②鹤氅裘:用鸟羽绒絮制成的裘,是外套。

【译文】

孟昶还没有显达时,家住京口。有一次看见王恭乘坐在高车上,身披着用鸟羽毛制作的皮衣。当时下着零星小雪,孟昶在竹篱后偷着看他,赞叹说:"这真是神仙中人啊!"

伤逝第十七

【题解】

伤逝，指悼念去世的人。怀念死者，表示哀思，这是人之常情。本篇记述了丧儿之痛和对兄弟、朋友、属员之丧的悼念及做法。有的是依亲友的生前爱好奏一曲或学一声驴鸣以祭奠逝者。有的是睹物思人，感慨系怀，而兴伤逝之叹。有的是以各种评价颂扬逝者，以寄托自己的哀思。更有人慨叹知音已逝，"发言莫赏，中心蕴结"，而预料自己不久于人世。同时记录下将逝者对生命终结的哀伤，更易令人伤感。

一

【原文】

王仲宣①好驴鸣。既葬，文帝临其丧，顾语同游曰："王好驴鸣，可各作一声以送之。"赴客皆一作驴鸣。

【注释】

①王仲宣：王粲，字仲宣，魏国人，建安七子之一。

【译文】

王仲宣生前喜欢听驴叫。他去世下葬时,魏文帝曹丕去参加他的葬礼,回头对往日同游的朋友们说:"王仲宣喜欢听驴叫,大家应该学一声驴叫来送他。"于是去吊丧的客人都一一学了一声驴叫。

二

【原文】

王濬冲为尚书令,著公服,乘轺车①,经黄公酒垆②下过。顾谓后车客:"吾昔与嵇叔夜③、阮嗣宗④共酣饮于此垆。竹林之游,亦预⑤其末。自嵇生夭、阮公亡以来,便为时所羁绁⑥。今日视此虽近,邈⑦若山河。"

【注释】

①轺(yáo)车:驾一匹马的轻便车。
②酒垆:酒店里放酒瓮的土台子,借指酒店。
③叔夜:嵇康的字。
④嗣宗:阮籍的字。
⑤预:参加。
⑥羁绁(xiè):束缚。
⑦邈(miǎo):远。

【译文】

王濬冲任尚书令时,穿着官服,乘坐着轻便马车,从黄公酒垆旁经过。触景生情,他回头对后车的客人说:"我从前与嵇叔夜、阮嗣宗一起在这个酒店畅饮过。竹林中的交游,我也跟在后面。自从嵇生早逝、阮公亡故以来,我就被时势纠缠住了。今天看着这间酒店虽然很近,追怀往事,却感到遥远得如隔着山河一样。"

三

【原文】

孙子荆以有才,少所推服,唯雅敬王武子。武子丧,时名士无不至者。子荆后来,临尸恸哭,宾客莫不垂涕。哭毕,向灵床①曰:"卿常好我作驴鸣,今我为卿作。"体似真声,宾客皆笑。孙举头曰:"使君辈存,令此人死!"

【注释】

①灵床:入殓前停放尸体的床铺。

【译文】

孙子荆凭借着自己有才能,很少推崇佩服别人,只是非常尊敬王武子。王武子死后,当时有名望的人都来吊丧。孙子荆后到,对着遗体痛哭,宾客都感动得流泪。他哭完后,朝着灵床说:"你平时喜欢听我学驴叫,现在我为你学一学。"学得像真驴的叫声,宾客们都笑了。孙子荆抬起头说:"让你们这类人活着,却让这个人死了!"

四

【原文】

王戎丧儿万子①，山简往省之，王悲不自胜。简曰："孩抱②中物，何至于此！"王曰："圣人忘情，最下不及情；情之所钟，正在我辈。"简服其言，更为之恸。

【注释】

①"王戎"句：王戎丧儿，《晋书》的记载是王戎的堂弟王衍丧儿。按，万子年十九卒，似不能说"孩抱中物"。
②孩抱：孩提，婴儿。

【译文】

王戎死了儿子万子，山简前去探望他，王戎悲伤得无法自制。山简说："一个怀抱中的婴儿罢了，怎么能悲痛到这种地步！"王戎说："圣人不动情，最下等的人谈不上有感情；感情最专注的，正是我们这一类人。"山简很敬佩他的话，更加为他悲痛。

五

【原文】

有人哭①和长舆曰："峨峨②若千丈松崩。"

【注释】

①哭：吊唁。

②峨峨：形容高、巍峨。按，和峤（字长舆）很有风采，名声很大，庾敳曾称赞他说："森森如千丈松。"

【译文】

有人哭吊和长舆，说："他的去世如同巍峨的千丈青松倒塌下来一样。"

六

【原文】

卫洗马以永嘉六年丧，谢鲲哭之①，感动路人。咸和②中，丞相王公教③曰："卫洗马当改葬。此君风流名士，海内所瞻，可修薄祭④，以敦⑤旧好⑥。"

【注释】

①"卫洗马"句：卫玠到豫章时，王敦的长史谢鲲很敬重他；卫玠后来也葬于南昌。

②咸和：晋成帝的年号。咸和中，卫玠改葬江宁。

③教：诸侯王公的文告。

④薄祭：菲薄的祭品，这里是对死者的谦辞。

⑤敦：深厚。

⑥旧好：旧情，故交。

【译文】

太子洗马卫玠在永嘉六年去世,谢鲲去吊唁他,哭声感动了过路人。咸和年间,丞相王导发布教令说:"卫洗马今当改葬。此君是风雅名流,受到国内的仰慕,大家应该整治薄祭,来加深我们对老朋友的怀念。"

七

【原文】

顾彦先平生好琴,及丧,家人常以琴置灵床①上。张季鹰往哭之,不胜其恸,遂径上床,鼓琴作数曲竟,抚琴曰:"顾彦先颇复赏此不?"因又大恸,遂不执孝子手而出②。

【注释】

① 灵床:为死者虚设的坐卧之具。
② "遂不"句:吊丧临走时,礼节上应与主人握手,表示慰问。这里说不执孝子手,是说伤痛至极,以至于忘了礼数。

【译文】

顾彦先平生喜欢弹琴,当他死后,家人常把琴放在灵床上。张季鹰前去哭吊他,悲痛得无法自抑,便径自坐在灵座上弹琴,弹完了几曲,抚摩着琴说:"顾彦先还能再欣赏这个吗?"于是又哭得非常伤心,竟没有握孝子的手就出去了。

八

【原文】

庾亮儿遭苏峻难遇害①。诸葛道明女为庾儿妇,既寡,将改适,与亮书及之。亮答曰:"贤女尚少,故其宜也。感念亡儿,若在初没。"

【注释】

①"庾亮"句:苏峻起兵叛乱后,庾亮的儿子庾会被杀。

【译文】

庾亮的儿子庾会在苏峻的叛乱中遇害。诸葛道明的女儿是庾亮的儿媳妇,守寡之后,将要改嫁,诸葛道明写信给庾亮谈到这件事。庾亮回信说:"令爱还年轻,这样做自然合适。只是感念死去的孩儿,就像他刚刚死去一样。"

九

【原文】

庾文康亡,何扬州①临葬,云:"埋玉树②著土中,使人情何能已已!"

【注释】

①何扬州:何充,后任扬州刺史,但在庾亮(谥文康)死时,

任护军将军、参录尚书事。

②玉树：这里以传说中的仙树比喻宝贵的人才。

【译文】

庾亮去世时，扬州刺史何充去送葬，说："把玉树埋到土里，让人的感情无法平静下去啊！"

一〇

【原文】

王长史病笃，寝卧灯下，转麈尾视之，叹曰："如此人，曾不得四十①！"及亡，刘尹临殡，以犀柄麈尾著柩中②，因恸绝。

【注释】

①"如此"句：王濛容貌很美，又善清谈；死时只有三十九岁。自以为死得太早，故有此叹。

②"刘尹"句：刘惔和王濛齐名，又是至交，两个人都擅长谈玄理。清谈者经常手执麈尾，所以刘惔把麈尾放在棺材里。殡，入殓停灵。柩（jiù），棺材。

【译文】

长史王濛病危的时候，在灯下躺着，转动着拂尘，一边看一边叹息说："像这样的人，竟然连四十岁都活不到！"到他死后，丹阳尹刘惔去参加大殓礼，把带犀角柄的拂尘放到棺材里，竟痛哭得昏死过去。

一一

【原文】

支道林丧法虔①之后,精神霣丧②,风味转坠。常谓人曰:"昔匠石废斤于郢人③,牙生辍弦于钟子④,推己外求,良不虚也。冥契⑤既逝,发言莫赏,中心蕴结,余其亡矣!"却后一年,支遂殒。

【注释】

①法虔:是支道林的同学,很有才华,得到支道林的重视,比支道林早死一年。

②霣丧:同"陨丧",指萎靡不振,颓丧消沉。

③"昔匠石"句:这是引用《庄子·徐无鬼》运斤成风的故事,说的是:郢人鼻尖上溅上了一点白土,匠石挥动斧子,飞快地替他削掉的白土而没有碰伤鼻子;郢人也一动不动地站着,面不改色。比喻神妙的技术,也需要双方默契配合,才能发挥作用。后来郢人死了,匠石失去了配合的对象,神技也就无所施展了。斤,斧子。郢人,郢都的人,实指楚人。

④"牙生"句:据《韩诗外传》载,著名的琴师伯牙鼓琴,志在泰山,钟子期听见,说:"巍巍乎若大山!"一会儿又志在流水,钟子期便说:"洋洋乎若流水!"所以伯牙把钟子期当作知音。钟子期死后,伯牙失去了知音,终身不再鼓琴。

⑤冥契:默契,这里指互相有默契的人。

【译文】

支道林在法虔去世以后,精神萎靡不振,风貌神韵也日渐丧失。他常对人说:"过去匠石因为郢人死去就不再用斧子,伯牙因为钟子期死去而终止鼓琴,推己及人,确实不假。知己已经去世,说话再也无人欣赏,心里郁结难解,我大概要死了!"过后一年,支道林就去世了。

一二

【原文】

郗嘉宾①丧,左右白郗公②:"郎丧。"既闻不悲,因语左右:"殡时可道。"公往临殡,一恸几绝。

【注释】

①郗嘉宾:郗超,字嘉宾。
②郗公:郗超的父亲郗愔。

【译文】

郗超死了,手下的人禀告郗愔说:"少主人死了。"郗愔听了并不悲伤,随即告诉身边的侍从说:"入殓时可以告诉我。"临到入殓,郗愔去参加大殓礼,一下子哀痛得几乎气绝。

一三

【原文】

戴公见林法师墓曰:"德音①未远,而拱木②已积。冀神理绵绵③,不与气运俱尽耳!"

【注释】

①德音:善言,有德者的话,用来尊称别人的言谈。
②拱木:两手合围那样粗的树,也指墓上的树。
③绵绵:连续不断的样子。

【译文】

戴逵看见支道林法师的坟墓说:"支公高明的言谈犹在耳边萦回,可是墓上的树木已经连成一片了。希望您那精湛的玄理能绵延不断地流传下去,不会与气数一起完结啊!"

一四

【原文】

王子敬与羊绥善。绥清淳简贵①,为中书郎,少亡。王深相痛悼,语东亭云:"是国家可惜人!"

【注释】

①清淳简贵:指本性清廉敦厚、为人简约尊贵。

【译文】

王子敬与羊绥非常友好。羊绥清廉敦厚,简约尊贵,曾任中书郎,年轻时就去世了。王子敬痛切地悼念着他,曾对东亭侯王珣说:"他是国内值得痛惜的人!"

一五

【原文】

王东亭与谢公交恶①。王在东闻谢丧,便出都诣子敬道:"欲哭谢公。"子敬②始卧,闻其言,便惊起曰:"所望于法护。"王于是往哭。督帅③刁约不听前,曰:"官④平生在时,不见此客。"王亦不与语,直前哭,甚恸,不执末婢⑤手而退。

【注释】

①"王东亭"句:王珣,小名法护,兄弟俩原来是谢家的女婿。王珣娶谢安弟弟谢万的女儿,王珣弟弟王珉娶谢安的女儿,后因猜忌产生摩擦,都离了婚,两家便成了仇人。

②子敬:王献之,字子敬,是王珣的族兄,甚得谢安赏识。

③督帅:领兵的官。

④官:下属称长官为官,是敬称。

⑤末婢:谢安的儿子谢琰,小名末婢。

【译文】

东亭侯王珣与谢安双方的感情破裂。王珣在东边听说谢安去世了,就到京都去见王子敬说:"我想去哭吊谢安。"子敬起初还躺着,听了他的话,就惊讶地起来说:"这是我对你的希望。"王珣于是就去哭吊。谢安帐下的督帅刁约不让他上前,说:"大人活着的时候,从来不见这个客人。"王珣也不理他,径直上前哭吊,哭得非常伤心,结果没有按常礼握谢琰的手就退出来了。

一六

【原文】

王子猷、子敬①俱病笃,而子敬先亡。子猷问左右:"何以都不闻消息?此已丧矣!"语时了②不悲。便索舆来奔丧,都不哭。子敬素好琴,便径入坐灵床上,取子敬琴弹,弦既不调,掷地云:"子敬,子敬,人琴俱亡!"因恸绝良久。月余亦卒。

【注释】

①王子猷、子敬:二人是兄弟,是王羲之的儿子。
②了:完全。

【译文】

王子猷和王子敬都病得很重,王献之先去世。一天子猷问左右侍从说:"为什么一点儿也没有听到子敬的音讯?他已经死了啊!"说话时一点儿也不悲伤。于是就要车去奔丧,一点儿也没有哭。子敬平时喜欢弹琴,子猷便径直进去坐在灵床上,拿过子敬的琴来弹,琴弦怎么也调不好,就把琴扔到地上说:"子敬,子敬,人和琴都不在了!"说完就悲痛得昏了过去,很久才醒过来。过了一个多月,他也因此身故了。

一七

【原文】

孝武山陵夕①,王孝伯②入临,告其诸弟曰:"虽榱桷③惟新,便自有《黍离》④之哀。"

【注释】

①夕:傍晚祭奠君主。

②王孝伯:王恭,字孝伯,是晋孝武帝皇后的哥哥。晋孝武帝死时,王恭镇守京口。他看到执政的会稽王司马道子宠信小人,国家将有祸乱,很是忧虑,所以有《黍离》之叹。

③榱桷(cuī jué):椽子,这里指孝武帝陵墓上的建筑。

④《黍离》:《诗经·王风》篇名。借指王室衰微,心里忧伤。

【译文】

晋孝武帝去世之夜,王孝伯进京哭祭,对他的几位弟弟说:"虽然陵寝是新的,却让人感到有亡国的悲哀。"

一八

【原文】

羊孚年三十一卒,桓玄与羊欣书曰:"贤从①情所信寄,暴疾而殒;祝予②之叹,如何可言!"

【注释】

①贤从:对人堂兄弟的敬称。按,羊孚是羊欣的同族堂兄。

②祝予:断绝我,亡我。《公羊传·哀公十四年》:"子路死,子曰:'噫,天祝予!'"

【译文】

羊孚三十一岁就去世了,桓玄给羊欣的信上说:"贤堂兄是我感情所信赖寄托的人，突然暴病而死；天将亡我之叹，怎么能用言语来表达！"

一九

【原文】

桓玄当篡位，语卞鞠①云："昔羊子道恒禁吾此意。今腹心丧羊孚，爪牙②失索元，而匆匆作此诋突③，讵允天心？"

【注释】

①卞鞠：原任桓玄的长史，后桓玄举兵攻入京都，委派他任丹阳尹。
②爪牙：比喻辅佐的人。
③诋突：唐突，冒犯。

【译文】

桓玄将要篡位的时候，对卞鞠说："以前羊子道经常劝止我有这种意图。现在我的心腹里头死了羊孚，助手里头又失去了索元，在这种情况下，却要匆匆忙忙做这种冒犯君上的事，难道能符合天意？"

栖逸第十八

【题解】

栖逸,指避世隐居。自古就有隐士,魏晋时代,战乱频仍,政治迫害日益加重,一些对现实不满而想逃避的人或者有厌世思想的人更是羡慕隐居生活,以寄托自己漠视世事的情怀。而那些不甘寂寞又不耐清苦的人,虽然追求荣华富贵,又想寄情山水,做所谓"朝隐"名士,故也把隐士看成理想人物。在这种情况下,编纂者设《栖逸》一门。

本篇共有十七则,展现了魏晋士人心神超越的风范。

一

【原文】

阮步兵①啸闻数百步②。苏门山中,忽有真人,樵伐者咸共传说。阮籍往观,见其人拥膝岩侧;籍登岭就之,箕踞③相对。籍商略终古④,上陈黄、农玄寂之道⑤,下考三代盛德之美,以问之,仡然⑥不应。复叙有为⑦之教、栖神导气之术⑧,以观之,彼犹如前,凝瞩不转。籍因对之长啸。良久,乃笑曰:"可更作。"籍复啸。意尽退。还半岭许,闻上啯然⑨有声,如数部鼓吹，林谷传响。顾看，乃向人啸也。

【注释】

①阮步兵：阮籍，字嗣宗，三国魏时人，曾任步兵校尉。

②步：长度单位，三百步为一里。

③箕踞：伸开两腿坐着，像个簸箕，这是一种不拘礼节的坐法。

④终古：往昔，自古以来。

⑤玄寂之道：道家玄妙虚无的道理。

⑥仡（yì）然：屹然不动貌。

⑦有为：有所作为，指儒家的学说。

⑧栖神导气之术：道家修炼的方法，指精神凝定不散乱，导气养神。

⑨噌然：查《康熙字典》无"噌"字，疑即"啾"。啾然，形容声音众多。

【译文】

步兵校尉阮籍吹口哨儿，声音能传一两里远。苏门山中，忽然之间出现了一位得道的真人，砍柴的人全都这么传说。阮籍前去观看，看见那个人抱膝坐在山岩上；就登山去见他，两个人伸开腿对坐着。阮籍评论古代的事，往上述说黄帝、神农时代玄妙虚无的主张，往下考究夏、商、周三代深厚的美德，拿这些来问他，那人屹然不动，并不回答。阮籍又另外说到儒家的德教主张，道家凝神导气的方法，来看他的反应，他还是像原先那样，目不转睛地凝视着。阮籍便对着他长长地吹了一个口哨儿。过了好一会儿，他才笑着说："可以再吹一次。"阮籍又吹了一次。待到意兴已尽，便退下来，约莫回到半山腰处，听到山顶上众音齐鸣，好像几部器乐合奏，树林山谷都传来回声。阮籍回头一看，原来是刚才那个人在吹口哨儿。

二

【原文】

嵇康游于汲郡山中,遇道士孙登①,遂与之游。康临去,登曰:"君才则高矣,保身之道不足。"

【注释】

①"嵇康"句:孙登隐居汲郡北山上,嵇康入山采药时遇见他,和他交往了三年。问他的意图,始终不肯回答。

【译文】

嵇康到汲郡的山中漫游,遇见道士孙登,便和他一起游逛学习。嵇康临走时,孙登说:"您的才能是很高了,但保全自身的能力不足。"

三

【原文】

山公将去选曹①,欲举嵇康,康与书告绝。

【注释】

①"山公"句:山涛,字巨源,曾任吏部郎(也就是选曹郎),主管官吏的选授等。后来升任散骑常侍,就推荐同是竹林七贤的嵇康代其原职,嵇康原与山涛是好友,但不愿做官,认为山涛并不了

解自己，就写信与山涛告绝，这就是有名的《与山巨源绝交书》。

【译文】

山涛将不再担任选曹郎职务，想举荐嵇康代替他，嵇康写信与他宣告绝交。

四

【原文】

李廞是茂曾第五子，清贞有远操，而少羸病，不肯婚宦。居在临海，住兄侍中墓下。① 既有高名，王丞相欲招礼之，故辟为府掾。廞得笺命，笑曰："茂弘②乃复以一爵假③人。"

【注释】

①"居在"句：李廞腿瘸了，不能走路，随他哥哥李式南渡。李式渡江后，累迁临海太守、侍中。
②茂弘：王导的字。
③假：雇佣。

【译文】

李廞是李茂曾的第五个儿子，为人清正，有远大的志向，但是从小就瘦弱多病，所以不肯结婚做官。他留在临海郡，暂住在他哥哥侍中的陵园里。他有了很大的名望以后，丞相王导想聘请并礼待他，所以调其来做相府的属官。李廞得到王导的任命信，笑着说："王导竟然拿一个官爵来雇佣人。"

五

【原文】

何骠骑①弟以高情避世,而骠骑劝之令仕,答曰:"予第五之名,何必减骠骑!"

【注释】

①何骠骑:何充,曾任骠骑将军。他弟弟何准,排行第五,兄弟俩都有名望。

【译文】

骠骑将军何充的弟弟因为有高尚的情操而隐居,而何充劝他做官。他回答说:"我老五的名望,未必比你骠骑将军逊色吧!"

六

【原文】

阮光禄①在东山,萧然②无事,常内足于怀。有人以问王右军,右军曰:"此君近不惊宠辱,虽古之沉冥③,何以过此。"

【注释】

①阮光禄:阮裕。曾任尚书郎、临海太守,后辞职居会稽,有隐居之志。在东山隐居多年,朝廷又召他为金紫光禄大夫,他不肯

就职。

②萧然：清静的样子。

③沉冥：等于沉冥的人，指隐士。

【译文】

光禄大夫阮裕隐居在东山，过着冷落寂寞的生活，但内心一直很满足。有人因此问右军将军王羲之，羲之说："这位先生近来不因荣辱而动心，就是古时的隐士，又怎么能超越这一点！"

七

【原文】

孔车骑①少有嘉遁②意，年四十余，始应安东命。未仕宦时，常独寝，歌吹③，自箴诲，自称孔郎，游散名山。百姓谓有道术④，为生立庙⑤。今犹有孔郎庙。

【注释】

①孔车骑：孔愉，字敬康，死后追赠车骑将军。西晋末年从洛阳还会稽，后入新安山中隐居。永嘉年间，安东将军司马睿（后为晋元帝）镇守扬州，任命孔愉为参军。到建兴初年，始出应召。

②嘉遁：对"隐遁"的美称，指合乎正道的隐居。

③歌吹：歌唱吹奏。

④"百姓"句：据《晋书·孔愉传》载，孔愉入新安山隐居期间，日常只是种地、读书，在乡里很有信誉。后来忽然离开，大家都以为他是神人，为他立祠。

生立庙：指在某人活着时给他立庙来纪念他。

【译文】

车骑将军孔愉年轻时有隐居的心意,到了四十多岁,才接受安东将军的任命出来做官。在没有做官时,一直是独自住在山中,歌咏吹弹,告诫自己谨言慎行,自称孔郎,在名山大川漫游散心。百姓认为他有道术,给他立了个生庙。现在还有孔郎庙。

八

【原文】

南阳刘驎之,高率,善史传,隐于阳岐①。于时苻坚临江,荆州刺史桓冲将尽讦谟②之益,征为长史,遣人船往迎,赠贶③甚厚。驎之闻命,便升舟,悉不受所饷,缘道以乞④穷乏,比至上明⑤亦尽。一见冲,因陈无用,翛然⑥而退。居阳岐积年,衣食有无,常与村人共。值己匮乏,村人亦如之。甚厚为乡间所安。

【注释】

①阳岐:村名,离荆州二百里。

②讦谟:宏图大略。

③赠贶:赠送。

④乞(qǐ):给。

⑤上明:地名。桓冲为了阻止苻坚南侵,想移镇长江以南,便把荆州首府移到上明。

⑥翛(xiāo)然:无拘无束的样子。

【译文】

南阳人刘驎之,为人高尚真率,历史知识很丰富,隐居在阳岐村。当时苻坚南侵已经逼近长江,荆州刺史桓冲想尽力实现宏图大略的效益,就聘刘驎之任长史,派人和船前去迎接他,赠送的礼物也很丰富。刘驎之只好从命,就上船出发,但桓冲所送的礼物一点儿也没有收受,沿途拿来送给贫困的人,等走到上明,东西也送光了。他一见到桓冲,便陈述自己没有才能,然后就自由自在地辞去职务。他在阳岐住了许多年,衣食向来是和村人互通有无的。碰到自己短缺了,村人也同样帮助他。他是乡邻所乐于相处的人。

九

【原文】

南阳翟道渊与汝南周子南少相友,共隐于寻阳①。庾太尉说周以当世之务,周遂仕;翟秉志弥固②。其后周诣翟,翟不与语。

【注释】

①寻阳:寻阳县属扬州庐江郡,治今江西九江市西。
②"庾太尉"句:庾亮到江州时,听到翟道渊的名望,亲自去拜访,并推荐他为国子博士,他不肯赴任。秉志,指坚持自己的志向。

【译文】

南阳人翟道渊和汝南人周子南从小就很友好,两个人一起在寻阳县隐居。太尉庾亮曾劝说周子南关心当代的国家大事,子南于是出来做官了;翟道渊却更加坚定了隐居的志向。后来周去看望翟,翟不和他说话。

一〇

【原文】

孟万年及弟少孤①,居武昌阳新县。万年游宦②,有盛名当世。少孤未尝出,京邑人士思欲见之,乃遣信报少孤云:"兄病笃。"狼狈至都,时贤见之者,莫不嗟重。因相谓曰:"少孤如此,万年可死。"

【注释】

①"孟万年"句:孟嘉,字万年,江州刺史庾亮召他任从事,后在桓温的将军府中任长史。他的弟弟孟陋,字少孤,名望很高,时会稽王司马昱(即简文帝)辅政时,召为参军,托病不肯赴任。
②游宦:外出求官。

【译文】

孟万年与他弟弟孟少孤,住在武昌郡阳新县。万年外出做官,在当时有很大的名声。孟陋没有外出求过官,京都知名人士想见见他,便派信使给少孤报信说:"你哥哥病重。"少孤急急忙忙地赶到京都,见到他的当代贤达,没有谁不赞叹、敬重他。于是他们评论说:"少孤既是这样,万年可以死而无憾了。"

一一

【原文】

康僧渊①在豫章,去郭②数十里立精舍③,旁连岭,带长川,芳林列于轩庭,清流激于堂宇。乃闲居研讲,希心理味。庾公诸人多往看之,观其运用吐纳④,风流转佳。加已⑤处之怡然⑥,亦有以自得,声名乃兴。后不堪,遂出⑦。

【注释】

①康僧渊:和尚名。《高僧传》说他本西域人,生于长安,东晋时过江。在豫章山上修了个庙宇住下。

②郭:城郭,在城的外围加筑的城墙,这里指城镇。

③精舍:僧人修炼的住所。

④吐纳:言谈,谈吐。

⑤加已:加以。

⑥怡然:形容安适愉快。

⑦"后不堪"句:据《高僧传》载,康僧渊后来死在庙里,和这里所说不同。

【译文】

康僧渊在豫章时,在离城几十里远的地方修建静养的居所,旁边连着山岭,一条大河像衣带一样绕着它,繁花似锦的树林布置庭院,清清的流水在房前激起浪花。康僧渊于是避人独居,研究解释佛经,倾心义理旨趣。庾亮等人常常去看望他,看到他运用言谈的手法,使得风度更加美好,加以他心旷神怡地对待这一切，也能够安闲自得，于是名声大了起来。后来他忍受不了这种外来的干扰，便离开了那里。

一二

【原文】

戴安道既厉操①东山，而其兄欲建式遏②之功。谢太傅曰："卿兄弟志业，何其太殊？"戴曰："下官不堪其忧，家弟不改其乐③。"

【注释】

①厉操：磨炼情操，使情操高尚，指隐居。

②式遏：指阻止害民之事，保卫国家。《诗·大雅·民劳》有"式遏寇虐"，"式"是句首语气词，遏是阻止，原意指阻止侵犯、残害百姓的行为。

③"下官"句：这是借用《论语·雍也》所述颜回的事，孔子说："贤哉，回也！一箪食，一瓢饮，在陋巷。人不堪其忧，回也不改其乐。"

【译文】

戴安道已经在东山隐居磨炼情操，他的兄长又想为国家建功立业。太傅谢安对他哥哥说："你们兄弟俩的志趣事业，怎么差异这么大呢？"他哥哥回答说："下官受不了那种忧愁，舍弟却改不了那种乐趣。"

一三

【原文】

许玄度隐在永兴南幽穴中,每致四方诸侯之遗①。或谓许曰:"尝闻箕山人②似不尔耳。"许曰:"筐篚苞苴③,故当轻于天下之宝耳④。"

【注释】

①遗(wèi):赠送。

②箕山人:指尧时的隐士许由。相传许由在箕山隐居,尧想把君位让给他,后来又想任他为九州长,他都拒绝了。

③筐篚(fěi)苞苴(jū):筐篚是装东西或饭食的竹器,这里用做动词,指用筐篚盛着。苞苴是包裹,指包着的鱼肉的包裹,这里用为别人赠送的礼物。

④天下之宝:指君位。按,这里指许由尚且招来尧的让位,自己得到这些薄礼又算得了什么。

【译文】

许玄度在会稽郡永兴县南幽深的岩洞中隐居,常常引来四方的高官王侯的馈赠。有人对许玄度说:"我曾听说过隐居箕山的人似乎并不是这样做的呀。"许玄度说:"我得到的礼物不过是竹筐装着的食物,这本来就比君位微薄呀。"

一四

【原文】

范宣未尝入公门,韩康伯与同载,遂诱俱入郡①,范便于车后趋下。

【注释】

①郡:指郡的官署。按,韩康伯曾任豫章郡太守,范宣家在豫章郡。

【译文】

范宣从来没有进过官署。有一次韩康伯与他一起坐车,就想诱骗他一起进郡府,范宣便急忙从车后溜下跑了。

一五

【原文】

郗超每闻欲高尚隐退者,辄为办百万资,并为造立居宇。在剡,为戴公起宅,甚精整。戴始往旧居①,与所亲书曰:"近至剡,如官舍。"郗为傅约亦办百万资,傅隐事差互②,故不果遗。

【注释】

①"戴始"句:《太平御览》卷五一〇引《世说》无"旧"字,

对;又下文作"始往居,如入官舍"。

②差互:差错,错过时机。

【译文】

郗超每次听说要尊重隐退者的时候,总是为他们筹措百万钱财,并且为他们盖房子。在会稽郡剡县给戴安道盖了房子,非常精致完备。戴安道刚前去居住时,给亲友写信说:"最近到了剡地,就好像住进官舍一样。"郗超也为傅约筹措了百万钱,后来傅约隐居一事错过了机会,所以馈赠没有成为事实。

一六

【原文】

许掾①好游山水,而体便登陟。时人云:"许非徒有胜情②,实有济胜之具③。"

【注释】

①许掾:许询,字玄度,曾被召为司徒掾,不肯就职。
②胜情:高雅的情趣。
③济胜之具:指游览胜境所需要的条件,这里指身体。

【译文】

许询喜欢游览山水,而且身体健壮敏捷,善于攀登。当时的人说:"许玄度不只有高雅的情趣,而且确有便于游览胜境的好身体。"

一七

【原文】

郗尚书与谢居士①善。常称:"谢庆绪识见虽不绝人,可以累心处都尽。"

【注释】

①谢居士:即下文的谢庆绪。居士是在家佛教徒。谢庆绪崇信佛教,曾入余姚县太平山中隐居。

【译文】

尚书郗恢与谢庆绪居士很友好。常称赞他说:"谢敷的见识虽然不比别人高明,但是能够劳心的事情一点儿也没有。"

贤媛第十九

【题解】

贤媛，指有德行、有才智、有美貌的女子。本篇所记述的妇女，或有德，或有才，或有貌，而以前两种为主。目的是要依士族阶层的伦理道德观点褒扬那些贤妻良母型的妇女，以之为妇女楷模。

有一些妇女，德行可嘉，能从伦理道德方面考虑并处理问题，例如王经之母深明大义，例如谢公夫人顾虑到"恐伤盛德"。或者识大体，刚强正直，不搞歪门邪道。陶侃母斥责儿子贪公家便宜，班婕妤不做诅咒之事，是对品行的描写。至于第二十六则记述谢夫人鄙薄丈夫，那也是从恨铁不成钢的角度来说的。

有一些妇女，才智过人，她们有的目光敏锐，观察入微，善于识别、品评人物，如山涛妻、王浑妻等事。有的见识卓越，善于辨析、判断是非，深明事理，如许允妇对时势、对丈夫、对儿子的正确认识等。有的机智，应变能力强，如诸葛诞女对丈夫的反驳，庾玉台子妇一语救全家。

至于美貌，似乎并没有看成贤媛的一个独立的标准，所以在记叙貌美的同时，总涉及德行或才智，如记叙"王明君姿容甚丽"的同时，点出她"志不苟求"。

士族阶层所维护的封建门阀观念，也必然会反映到妇女身上。例如第十八则记庶族出身的络秀为"门户计",自愿去贵族家做妾,还恳求儿子要跟娘家认亲戚。又如第二十九则记郗嘉宾妻坚持从一而终,都不过是要维护门阀等级制度,保持士族门第的尊严。

一

【原文】

陈婴①者,东阳人,少修德行,著称乡党②。秦末大乱,东阳人欲奉婴为主,母曰:"不可!自我为汝家妇,少见贫贱,一旦富贵,不祥。不如以兵属③人。事成少受其利;不成,祸有所归。"

【注释】

①陈婴:据《史记·项羽本纪》载,陈婴原是东阳县的书吏。陈涉起义后,东阳人杀了县令,聚集几千人,强立陈婴为首领;遭陈母反对,才依附项梁。
②乡党:乡里。
③属(zhǔ):交付。

【译文】

陈婴是东阳县人,从小就注重道德品行的修养,在家乡很有名望。秦代末年,天下大乱,东阳人想拥护陈婴做首领,陈母对陈婴说:"不行!自从我做了你家的媳妇,从年轻时起就遇到你家贫贱,突然得富贵,不吉利。不如把军队交给别人。事成了,可以稍微得些好处；事情不成了，灾祸自有他人承担。"

二

【原文】

汉元帝宫人既多，乃令画工图之。欲有呼者，辄披图召之。其中常者，皆行货赂①。王明君②姿容甚丽，志不苟求，工遂毁为其状。后匈奴来和，求美女于汉帝，帝以明君充行。既召见而惜之，但名字已去，不欲中改，于是遂行。

【注释】

① 货赂：贿赂。
② 王明君：王昭君。晋人因避晋文帝司马昭讳改称为王明君。

【译文】

汉元帝的宫女已经有很多了，于是就派画工将她们的模样画下来，他想要召唤她们时，就翻看画像按图召见。宫女中相貌一般的人，都贿赂画工。王昭君容貌非常美丽，不愿用不正当的手段去乞求，画工就丑化了她的容貌。后来匈奴来要求和亲，向汉元帝求赐美女，元帝便拿昭君当作皇族女嫁去匈奴。召见以后又很舍不得她，但是名字已经告诉了匈奴，不想中途更改，于是昭君终最去了匈奴。

三

【原文】

汉成帝幸赵飞燕①,飞燕谗班婕妤②祝诅③,于是考问④。辞⑤曰:"妾闻死生有命,富贵在天⑥。修善尚不蒙福,为邪欲以何望!若鬼神有知,不受邪佞之诉;若其无知,诉之何益?故不为也。"

【注释】

①赵飞燕:入宫后得宠,后来许皇后废,汉成帝立她为皇后。
②班婕妤(jié yú):婕妤是后宫妃嫔的称号。班婕妤初选入宫时也得到宠幸,立为婕妤。
③祝(zhòu)诅:诅咒。祝,通"咒"。
④考问:拷问。
⑤辞:供词。
⑥"死生"句:语出《论语·颜渊》。

【译文】

汉成帝很宠幸赵飞燕,飞燕诬告班婕妤,说她求鬼神加祸于自己,于是拷问班婕妤。班的供词说:"我听说死生由命运来决定,富贵随天意去安排。做好事尚且不一定得福,起邪念又想得到什么呢!如果鬼神有知觉,就不会接受那种邪恶谄佞的祷告;如果鬼神没有知觉,向它祷告又有什么好处!所以我是不做这种事的。"

四

【原文】

魏武帝崩,文帝悉取武帝宫人自侍。及帝病困,卞后①出看疾;太后入户,见直侍并是昔日所爱幸者。太后问:"何时来邪?"云:"正伏魄②时过。"因不复前而叹曰:"狗鼠不食汝余③,死故应尔!"至山陵,亦竟不临。

【注释】

①卞后:卞王后,是魏武帝曹操的王后,魏文帝曹丕的母亲。魏文帝登帝位后,尊为皇太后。

②伏魄:同"复魄"。人快死时,拿他平时穿的衣服到门外招魂,让魂魄回来,这叫复魄。这里指曹操将死之时。

③"狗鼠"句:比喻被人所轻贱,不如禽兽。

【译文】

魏武帝曹操死后,文帝曹丕把武帝的宫女全都留下来服侍自己。等到文帝病重的时候,他母亲卞后去查看他的病情;卞太后一进内室,看见值班、侍奉的都是从前曹操所宠爱的人。太后就问她们:"什么时候过来的?"她们说:"正在招魂时过来的。"太后便不再往前去,叹息道:"狗鼠也不吃你吃剩的东西,确是该死呀!"一直到文帝去世,太后竟也不去哭吊。

五

【原文】

赵母嫁女,女临去,敕之曰:"慎勿为好①!"女曰:"不为好,可为恶邪?"母曰:"好尚不可为,其况恶乎!"

【注释】

①慎勿为好:按,古代人们以为做好事,会受到好人的妒忌,因为人们不喜欢别人超过自己。余嘉锡《世说新语笺疏》以为,"盖古之教女者之意,特不愿其遇事表暴,斤斤于为善之名,以招人之妒嫉,而非禁之使不为善也"。

【译文】

赵母嫁女儿,女儿临出门时,她告诫女儿说:"千万不要做好事!"女儿问道:"不做好事,可以做坏事吗?"母亲说:"好事尚且不能做,何况是坏事呢!"

六

【原文】

许允妇是阮卫尉①女,德如妹,奇丑。交礼竟,允无复入理,家人深以为忧。会允有客至,妇令婢视之,还答曰:"是桓郎。"桓郎者,桓范也。妇云:"无忧,桓必劝入。"桓果语许云:"阮家既嫁丑女与卿,故当有意,卿宜察之。"许便回入内,既见妇,即欲出。妇料其此出,无复入理,便捉裾②停之。许因谓曰:"妇有四德③,卿有其几?"妇曰:"新妇所乏唯容尔。然士有百行④,君有几?"许云:"皆备。"妇曰:"夫百行以德为首,君好色不好德,何谓皆备!"允有惭色,遂相敬重。

【注释】

①阮卫尉:阮共,字伯彦,在魏朝官至卫尉卿。

②裾:衣服的大襟,也指衣服的前后部分。

③四德:即妇德、妇言、妇容、妇功。

④百行:指各种好的品行。

【译文】

许允的妻子是卫尉卿阮共的女儿,阮德如的妹妹,容貌特别丑陋。新婚行完交拜礼,许允就不再有想进新房的意愿,家里人都十分担忧。正好有位客人来看望许允,新娘便叫婢女去打听是谁,婢女回报说:"是桓郎。"桓郎就是桓范。新娘说:"不用担心,桓氏一定会劝他进来的。"桓范果然劝许允说:"阮家既然嫁个丑女给你,想必是有一定想法的,你应该体察明白。"许允便转身进入新房,见了新娘,即刻就想退出。新娘料定他这一走再也不可能进来了,就拉住他的衣襟让他留下。许允便问她说:"妇女应该有四种美德,你有其中的哪几种?"新娘说:"新妇所缺少的只是容貌罢了。可是读书人应该有各种好品行,您有几种?"许允说:"样样都有。"新娘说:"各种好品行里头首要的是德,可是您爱色不爱德,怎么能说样样都有!"许允听了,脸有愧色,从此夫妇俩便互相敬重。

七

【原文】

许允为吏部郎,多用其乡里,魏明帝遣虎贲①收之。其妇出诫允曰:"明主可以理夺,难以情求。"既至,帝核问之。允对曰:"'举尔所知'②,臣之乡人,臣所知也。陛下检校为称职与不,若不称职,臣受其罪。"既检校,皆官得其人,于是乃释。允衣服败坏,诏赐新衣。初,允被收,举家号哭,阮新妇自若,云:"勿忧,寻还。"作粟粥待。顷之,允至。

【注释】

①虎贲(bēn):官名,负责侍卫君主和保卫王宫。宫廷卫戍部队的将领叫虎贲中郎将,主管虎贲郎。

②举尔所知:语出《论语·子路》,孔子的学生仲弓问孔子怎么样去识别优秀人才并把他们提拔上来,孔子便说了上面这句话。

【译文】

许允担任吏部郎时,任用的大都是他的同乡,魏明帝知道后就派虎贲去逮捕他。许允的妻子跟出来劝诫他说:"对英明的君主只可以用道理去取胜,很难用感情去求告。"押到用帝处后,明帝查问他。许允回答说:"孔子说'提拔你所了解的人',臣的同乡,就是臣所了解的人。陛下可以审查、核实他们是称职还是不称职,如果不称职,臣愿受应得的罪。"查验以后,知道各个职位都用人得当,于是就释放了他。许允穿的衣服破旧,明帝就赏赐他新衣服。起初,许允被逮捕时,全家都号哭,他妻子阮氏却神态自若,说:"不要担心,不久就会回来。"并且煮好小米粥等着他。一会儿,许允就回来了。

八

【原文】

许允为晋景王所诛①,门生走入告其妇。妇正在机中,神色不变,曰:"蚤知尔耳!"门人欲藏其儿,妇曰:"无豫诸儿事。"后徙居墓所,景王遣钟会看之,若才流②及父,当收。儿以咨母,母曰:"汝等虽佳,才具③不多,率④胸怀与语,便无所忧。不须极哀,会止⑤便止。又可少问朝事。"儿从之。会反以状对,卒免。

【注释】

①"许允"句:魏齐王曹芳时,辅军大将军司马师(即晋景王)辅政,借故杀了李丰、夏侯玄。许允和李丰、夏侯玄一向很友好,受到怀疑,也被害。
②才流:才能品级,指品级的高下。流,品类,等级。
③才具:才能,才干。
④率:顺着。
⑤止:指停止哭泣。按礼节钟会慰问家属时当哭。

【译文】

许允被晋景王杀害了,他的门人跑进来告诉他的妻子。他妻子正在织机上织布,听到消息后,神色不变说:"早就知道会这样的呀!"门生想把许允的儿子藏起来,许允妻子说:"不关孩子们的事。"后来全家迁到许允的墓地里住，景王派大将军府记室钟会去看他们，并吩咐说，如果儿子的才能品级比得上他父亲，就应该逮捕他们。许允的儿子知道这些情况，去和母亲商量，母亲说："你们虽然都不错，可是才能不大，可以怎么想就怎么和他谈，这样就没有什么可担心的。也不必哀伤过度，钟会不哭了，你们就不哭。又可以稍微问及朝廷的事。"她儿子照母亲的吩咐去做。钟会回去后，把情况回报景王，许允的儿子终于免祸。

九

【原文】

王公渊①娶诸葛诞②女，入室，言语始交，王谓妇曰："新妇神色卑下，殊不似公休。"妇曰："大丈夫不能仿佛彦云，而令妇人比踪③英杰！"

【注释】

①王公渊：王广，字公渊，有风度、才学，名声很大。他父亲王凌，字彦云。

②诸葛诞：字公休，在魏朝曾任御史中丞、尚书，后又为镇东大将军。

③比踪：指德行事迹并列、相当。

【译文】

王公渊娶诸葛诞的女儿为妻，进入洞房后夫妻才交谈起来，王公渊就对妻子说："新妇神情面色不高贵，太不像你父亲公休了。"他妻子说:"大丈夫不能像你父亲彦云,却要求妇人和英雄豪杰并驾齐驱!"

一〇

【原文】

王经①少贫苦,仕至二千石②,母语之曰:"汝本寒家子,仕至二千石,此可以止乎!"经不能用。为尚书,助魏,不忠于晋③,被收。涕泣辞母曰:"不从母敕,以至今日!"母都无戚容,语之曰:"为子则孝,为臣则忠;有孝有忠,何负吾邪!"

【注释】

①王经:王经初为江夏太守,后升为二州刺史、司隶校尉。高贵乡公曹髦即位后,任尚书。甘露五年(公元260年)魏帝因为相国司马昭权倾帝室,召侍中王沈、尚书王经、散骑常侍王业共谋讨伐司马昭,王沈、王业连忙跑去向司马昭告密,并叫王经一起去,王经不肯。接着魏帝被杀,王经和家属也被害。

②二千石:职官的等级以年俸米石的多少来定高低,司隶校尉、州牧、郡太守等都是二千石,即月俸百二十斛。

③不忠于晋:按:王经是魏朝人,当时还没有晋朝,记事者是后代人,所以这样说。

【译文】

王经年轻时家境贫苦,后来做官做到二千石的大官时,他母亲对他说:"你本来是贫寒人家的子弟,现在做到二千石这么大的官，这就可以止步了吧！"王经不能采纳母亲的意见。后来担任尚书，帮助魏朝，对晋司马氏不忠，被逮捕了。当时他流着泪辞别母亲说："没有听从母亲的教导，以致有今天！"他母亲一点儿愁容也没有，对他说："做儿子则能够孝顺父母，做臣子则能够忠君；现在你有孝有忠，有什么对不起我呢！"

——

【原文】

山公与嵇、阮一面，契若金兰①。山妻韩氏觉公与二人异于常交，问公，公曰："我当年可以为友者，唯此二生耳！"妻曰："负羁之妻亦亲观狐、赵②，意欲窥之，可乎？"他日，二人来，妻劝公止之宿，具酒肉。夜穿墉以视之，达旦忘反。公入曰："二人何如？"妻曰："君才致殊不如，正当以识度相友耳。"公曰："伊辈亦常以我度为胜。"

【注释】

①契若金兰：比喻情意相投。

②"负羁"句：据《左传·僖公二十三年》载，晋公子重耳逃亡国外时，狐偃、赵衰等人随从。在曹国，曹大夫僖负羁的妻子经过观察，认为狐偃、赵衰等随从都是能辅助晋公子回国做国君的好帮手。

【译文】

山涛与嵇康、阮籍见了一次面，彼此就情意相投。山涛的妻子韩氏感觉山涛与他二人的交情不一般，就问山涛。山涛说：

"我从前可以看成朋友的人,只有这两位先生罢了!"他妻子说:"僖负羁的妻子也曾亲自观察过狐偃和赵衰,我也想着要偷着观察一下他们,行吗?"有一天,他们两个人来了,山涛的妻子就劝山涛留他们住下来,并且准备好酒肉;到夜里,就在墙上挖个洞来察看他们,看到天亮也忘了回去。山涛进来问道:"这两个人怎么样?"他妻子说:"您才能、情趣根本比不上他们,只能靠见识、气度和他们结交罢了。"山涛说:"他们也常常认为我的气度优越。"

一二

【原文】

王浑妻钟氏生女令淑①,武子②为妹求简③美对而未得。有兵家子,有俊才,欲以妹妻之,乃白母。曰:"诚是才者,其地④可遗⑤,然要令我见。"武子乃令兵儿与群小杂处,使母帷中察之。既而母谓武子曰:"如此衣形者,是汝所拟者非邪?"武子曰:"是也。"母曰:"此才足以拔萃,然地寒,不有长年,不得申其才用⑥。观其形骨,必不寿,不可与婚。"武子从之。兵儿数年果亡。

【注释】

①令淑:谓德行善美。

②武子:王济,字武子,王浑的儿子。

③求简:选求。简,选择。

④地:门第。

⑤遗:抛开。

⑥才用：才能，才干。

【译文】

王浑的妻子钟氏生了个容貌美丽、品性善良的女儿，王武子想给妹妹挑选一个好配偶，而没有找到合适的。有一位当兵人家的儿子，才能出众，武子想把妹妹嫁给他，就向母亲说明。他母亲说："如果确实是有才能，对他的门第可以不计较，可是要让我看一看。"武子便叫那个军人的儿子和平民百姓混在一起，让母亲在帷幕里观察他。事后他母亲对武子说："穿着这么样的衣服、长着这么样的相貌的，就是你所考虑的那个人吗？"武子说："是的。"他母亲说："这个人，才能足以拔尖儿，可是门第寒微，如果没有高寿，就不能发挥他的才能。可是看他的形貌气质，一定不能长寿，不能和他结亲。"武子依从了母亲的意见。几年后，那个军人的儿子果然死了。

一三

【原文】

贾充前妇，是李丰女，丰被诛，离鲹徙边。后遇赦得还①，充先已取郭配女。武帝特听置左右夫人②。李氏别往外，不肯还充舍。郭氏语充，欲就省李，充曰："彼刚介有才气，卿往不如不去。"郭氏于是盛威仪③，多将侍婢。既至，入户，李氏起迎，郭不觉脚自屈，因跪再拜。既反，语充，充曰："语卿道何物！"

【注释】

①"贾充"句：公元251年，大将军司马师辅政，疑中书令李

丰与魏帝议论自己，借故杀了李丰。李丰女也受牵连，被流放。公元265年晋武帝即帝位，才遇赦回来。

②"武帝"句：贾充前妻李氏所生女儿为齐王司马攸妃（齐王谥献，又称齐献王），所以会特诏两妻并立。后郭氏女为皇太子妃（即后来登位的晋惠帝的皇后），武帝又下令贾充与李氏不得往来。

③威仪：指仪仗、随从。

【译文】

贾充的前妻是李丰的女儿，李丰被杀后，她与贾充离了婚流放到边远地区。后来遇到大赦得以回来，可是贾充早先已经娶了郭配的女儿。晋武帝特别准许他两个妻子都留下，分别为左夫人和右夫人。李氏另外住在外面，不肯回到贾充的住宅。郭氏告诉贾充说，想去探望李氏，贾充说："她性格刚强正直，很有才华，你去不如不去。"郭氏于是带了一个规模盛大的仪仗队伍和随从，还带了很多侍婢去。到了李氏家，进入内室，李氏站起迎接，郭氏不觉腿脚自然弯曲，便跪下行再拜礼。回家后，告诉了贾充，贾充说："我曾对你说过什么！"

一四

【原文】

贾充妻李氏作《女训》，行于世。李氏女，齐献王妃；郭氏女，惠帝后。充卒，李、郭女各欲令其母合葬，经年不决。贾后废①，李氏乃祔②葬，遂定。

【注释】

①"贾后"句：贾充于公元282年死。到公元290年太子司马

衷即位，以妃贾氏为皇后。贾氏性妒、狠毒，又想干预朝政，于是废太后，杀太傅、太宰、太保。到公元300年赵王司马伦废贾后，并杀了她。

②祔（fù）：合葬。

【译文】

贾充的妻子李氏写了《女训》一书，流传于世。李氏的女儿是齐献王王妃；郭氏的女儿是晋惠帝的皇后。贾充死后，李氏、郭氏的女儿各自都想让自己的母亲与贾充合葬，此事历经多年也解决不了。后来贾后被废，李氏才能合葬，葬事终于确定下来。

一五

【原文】

王汝南①少无婚，自求郝普女。司空以其痴，会无婚处，任其意便许之。既婚，果有令姿淑德。生东海②，遂为王氏母仪③。或问汝南："何以知之，"曰："尝见井上取水，举动容止不失常，未尝忤观，以此知之。"

【注释】

①王汝南：王湛，官至汝南内史。青少年时少说话，不喜交游，大家都认为他傻。父亲王昶，官至司空。
②东海：指王湛的儿子王承，曾任东海太守。
③母仪：做母亲们的典范。

【译文】

汝南内史王湛年轻时没人提亲，便自己提出向郝普的女儿求亲。他父亲王昶认为他痴呆，反正也没人与他结婚，便随他的心意，答应了他。婚后，郝氏果真美貌贤淑。后来生了王承，终于成了王家母亲们的典范。有人问王湛怎么了解她的，王湛说："我曾经看见她上水井打水，举止仪容不失常态，也没有不顺眼的地方，因此了解了她。"

一六

【原文】

王司徒妇①，钟氏女，太傅曾孙，亦有俊才女德。钟、郝②为娣姒③，雅相亲重。钟不以贵陵郝，郝亦不以贱下钟。东海家内，则郝夫人之法；京陵家内，范钟夫人之礼④。

【注释】

①王司徒妇：王浑的妻子，是魏朝太傅钟繇的曾孙女。王浑袭父爵为京陵侯（故下文说及京陵家），官升至司徒。

②郝：郝普的女儿。郝氏嫁给王湛，王湛是王浑的弟弟。

③娣姒（dì sì）：妯娌。

④"东海"两句：东海指郝氏之子王承，代表王湛世系。京陵指钟氏丈夫王浑这一世系。则，效法。范，做榜样。

【译文】

司徒王浑的妻子是钟家的女儿，太傅钟繇的曾孙女，也有出众的文才、女性的美德。钟氏和郝氏是妯娌，两个人非常亲密又互相敬重。钟氏并不因为自己门第高贵而欺负郝氏，郝氏也不因为自己门第卑微而屈从钟氏。在王承一家里，都恪守郝夫人的规矩；在王浑一家里，都遵从钟夫人的礼法。

一七

【原文】

李平阳①，秦州子，中夏名士，于时以比王夷甫。孙秀②初欲立威权，咸云："乐令③民望不可杀，减李重者又不足杀。"遂逼重自裁。初，重在家，有人走从门入，出髻中疏④示重；重看之色动，入内示其女，女直叫"绝"，了其意，出则自裁。此女甚高明，重每咨焉。

【注释】

①李平阳：李重，曾任平阳太守。他父亲李秉，曾任秦州刺史。按，《资治通鉴》卷八十三，赵王司马伦于公元300年杀了贾后，阴谋篡位，便想收买人心，选用名流，于是任李重为相国左长史。李重知赵王伦有异志，忧愤成病而死。与这一则所述不同。

②孙秀：孙秀是赵王伦所宠信的人，赵王伦自任相国后，用孙秀为中书令，使他威权日重。

③乐令：乐广，当时任河南尹，后来代王戎为尚书令。

④疏：书信。

【译文】

平阳太守李重是秦州刺史李秉的儿子，是中原地区的名士，当时的人们把他与名望很高的王夷甫并称。起初孙秀想树立自己的威望和权力，到处说："乐令众望所归，不可杀，不如李重的人又不值得杀。"于是就逼李重自杀。事先，李重在家，有人从门外跑进来，从发髻里拿出一封信给李重看；李重看了就脸上变色，拿到内室给他女儿看，他女儿只是喊叫说"完了"，李重明白她的意思，出来就自杀了。李重这个女儿见解非常高明，李重遇事经常向她咨询，与她商量。

一八

【原文】

周浚①作安东时，行猎，值暴雨，过②汝南李氏。李氏富足，而男子不在。有女名络秀，闻外有贵人，与一婢于内宰猪羊，作数十人饮食，事事精办，不闻有人声。密觇③之，独见一女子，状貌非常；浚因求为妾，父兄不许。络秀曰："门户④殄瘁⑤，何惜一女！若连姻贵族，将来或大益。"父兄从之。遂生伯仁兄弟。络秀语伯仁等："我所以屈节为汝家作妾，门户计耳。汝若不与吾家作亲亲⑥者，吾亦不惜余年！"伯仁等悉从命。由此李氏在世，得方幅⑦齿遇⑧。

【注释】

①周浚：汝南郡安城县人，曾任扬州刺史，后加安东将军。
②过：过访，探望。
③觇（chān）：偷看。
④门户：门第。
⑤殄瘁（tiǎn cuì）：衰微。
⑥亲亲：亲戚。
⑦方幅：正规，公正。
⑧齿遇：同等待遇。

【译文】

周浚担任安东将军时,出外打猎,正巧碰上下暴雨,就去探望汝南李氏。李氏家境富有,只是男人不在家。这家有个女儿,名叫络秀,听说外面有贵客来了,就和一个婢女在后院杀猪宰羊,准备几十人的饮食,事事都做得很精到,却没听见有人声。周浚觉得奇怪,就去偷看一下,只看见一个女子,相貌不同一般;过后,周浚就请求娶她为妾,女方的父兄不答应。络秀说:"我们家门第衰微,为什么舍不得一个女儿!如果和贵族联姻,将来也许好处很大。"父兄就顺从了她。后来生了周伯仁几个兄弟。络秀对伯仁兄弟说:"我降低身份给你家做妾的原因,只是为我家门第作想罢了。你们如果不肯和我家做亲戚,我也不会吝惜晚年!"伯仁兄弟全都听从母亲的吩咐,因此,李氏在生前,得到公正的礼遇。

一九

【原文】

陶公[①]少有大志,家酷贫,与母湛氏同居。同郡范逵素知名,举孝廉,投侃宿。于时冰雪积日,侃室如悬磬[②],而逵马仆甚多。侃母湛氏语侃曰:"汝但出外留客,吾自为计。"湛头发委地,下为二髲[③],卖得数斛米。斫[④]诸屋柱,悉割半为薪,剉[⑤]诸荐[⑥]以为马草。日夕,遂设精食,从者皆无所乏。逵既叹其才辩,又深愧其厚意。明旦去,侃追送[⑦]不已,且百里许。逵曰:"路已远,君宜还。"侃犹不返。逵曰:"卿可去矣。至洛阳,当相为美谈。"侃乃返。逵及洛,遂称之于羊晫、顾荣⑧诸人，大获美誉。

【注释】

①陶公：陶侃，鄱阳人，早年为寻阳县吏，鄱阳孝廉范逵曾去探望他。后升至大将军、太尉。
②悬磬：比喻空无所有，很贫穷。
③髲（bì）：假发。
④斫（zhuó）：砍，削。
⑤剉（cuò）：铡碎。
⑥荐：草垫。
⑦追送：跟随送行。
⑧羊晫、顾荣：羊晫是豫章国郎中令，是陶侃的同乡，顾荣是中书郎。

【译文】

陶侃年轻时就有远大的志向，家里极其贫困，与母亲湛氏住在一起。同郡人范逵一向很有名望，被举荐为孝廉，有一次到陶侃家找地方住宿。当时，冰雪满地已经多日了，陶侃家一无所有。可是范逵车马仆从很多。陶侃的母亲湛氏对陶侃说："你只管到外面留下客人，我自己来想办法。"湛氏头发很长，拖到地上，她剪下来做成两条假发，换到几担米。又把屋子每根柱子都削下一半来做柴烧，把草垫子都剉了做草料喂马。到了傍晚，便摆上了精美的饮食，随从也都不欠缺。范逵既赞赏陶侃的才智和口才，又对他的盛情款待深感愧谢。第二天早晨，范逵告辞，陶侃送了一程又一程，快要送到百里左右。范逵说："路已经走得很远了，您该回去了。"陶侃还是不肯回去。范逵说："你该回去了。我到了京都洛阳，一定替你美言一番。"陶侃这才回去。范逵到了洛阳，就在羊晫、顾荣等这些名士面前称赞陶侃，使他广泛地得到了好名声。

二〇

【原文】

陶公少时作鱼梁①吏，尝以坩②鲊③饷母。母封鲊付使，反书责侃曰："汝为吏，以官物见饷，非唯不益，乃增吾忧也。"

【注释】

①鱼梁：在水中筑的捕鱼的堰。按，《晋书·列女传》载，陶侃任寻阳县吏时，曾监管鱼梁。
②坩（gān）：陶器，瓦罐。
③鲊（zhǎ）：鱼制品，如腌鱼、糟鱼之类。

【译文】

陶侃年轻时做监管堵水捕鱼的小吏，曾经送去一罐腌鱼给母亲。他母亲把腌鱼封好交给捎鱼来的，让他人带回去，并且回了封信责备陶侃说："你作为官吏，拿公家的东西送给我，这不只没有好处，反而增加了我的忧虑啊。"

二一

【原文】

桓宣武平蜀，以李势妹为妾，甚有宠，常著斋后。主①始不知，既闻，与数十婢拔白刃袭之。正值李梳头，发委②藉地，肤色玉曜③，不为动容。徐曰："国破家亡，无心至此，今日若能见杀，乃是本怀。"主惭而退。

【注释】

①主：晋明帝女儿南康公主，桓温取娶她为妻。
②委：放下，垂下。
③曜：光芒。

【译文】

桓温平定了蜀地，娶李势的妹妹做妾，非常宠爱她，总是把她安置在书斋后面住。他的妻子南康公主起初不知道，后来听说了，就带着几十个婢女提着刀趁她不备去杀她。到了那里，正遇见李氏在梳头，头发垂下来铺到地上，肤色像白玉一样光彩照人，并没有因为公主到来而表情有变。她从容不迫地说道："我国破家亡，并不情愿到这里来；今天如果能被杀而死，这倒是我的心愿。"公主很惭愧，就退出去了。

二二

【原文】

庾玉台①，希之弟也。希诛，将戮玉台。玉台子妇，宣武弟桓豁女也，徒跣②求进，阍③禁不内④，女厉声曰："是何小人！我伯父门，不听我前！"因突入，号泣请曰："庾玉台常因人，脚短三寸，当复能作贼不？"宣武笑曰："婿故自急。"遂原玉台一门⑤。

【注释】

①"庾玉台"句：庾友，小名玉台，是庾冰的儿子。公元371年，桓温废司马奕为东海王，桓温立会稽王司马昱为帝。因庾冰家族势力强大，就想消灭他们，于是诬陷他们谋反，害死了庾友的几个弟弟。庾友的哥哥庾希闻难而逃，后来也被杀害。

②徒跣：光着脚步行。这里形容急忙之状。

③阍：守门人。

④内：通"纳"，接纳。

⑤"遂原"句：庾玉台如被杀，全家当不免，所以这样说。原，赦罪。

【译文】

庾玉台是庾希的弟弟。桓温杀了庾希以后，将要株连杀死玉台。玉台的儿媳妇，是桓温弟弟桓豁的女儿，她心急得光着脚去求见桓温，掌门官挡着她不让进去。她大声斥责说："这是哪个奴才！我伯父的家，竟敢不让我进去！"说着便冲了进去，哭喊着请求说："庾玉台的一只脚短了三寸，常常要扶着人才能走路，这还会谋反吗？"桓温笑着说："侄婿自然会着急。"于是赦免了庾玉台这一家。

二三

【原文】

谢公夫人帏①诸婢，使在前作伎②，使太傅暂见，便下帏。太傅索更开，夫人云："恐伤盛德。"

【注释】

①帏：指设置帷幕，也指帷幕。

②伎：歌舞。

【译文】

谢安的妻子刘夫人挂起帷幕围着众婢女，叫她们在自己面前表演歌舞，也让谢安看了一会儿，便放下了帷幕。谢安要求再打开帷幕，夫人说："恐怕会损害你的美德。"

二四

【原文】

桓车骑不好著新衣。浴后，妇故送新衣与，车骑大怒，催使持去。妇更持还，传语云："衣不经新，何由而故？"桓公大笑，著之。

【译文】

车骑将军桓冲不喜欢穿新衣服。有一次洗完澡，他的妻子故意叫仆人送去新衣服给他，桓冲大怒，催仆人把衣服拿走。他妻子又叫人再拿回来，并且传话说："衣服不经过新的，怎么能变成旧的呢？"桓冲听了大笑，就穿上了新衣。

二五

【原文】

王右军郗夫人谓二弟司空、中郎①曰："王家见二谢②，倾筐倒庋③；见汝辈来，平平尔。汝可无烦复往。"

【注释】

①司空、中郎：指郗愔、郗昙。郗愔在简文帝时拜司空，但辞谢不肯就职，死后追赠司空。郗昙曾任北中郎将。

②二谢：指谢安、谢万兄弟。

③倾筐倒庋（guǐ）：把竹筐、架子里的东西全都倒出来，比喻尽其所有，款待丰盛。庋，放器物的架子。按，王家、谢家是豪门望族，而郗家原先孤贫，并非士族，故王家以门第观念看不起郗家。

【译文】

右军将军王羲之妻子郗夫人对两个弟弟说："王家人见谢家兄弟来，恨不得把所有东西都翻出来款待人家；见你们来，不过平平常常罢了。你们可以不必再去了。"

二六

【原文】

王凝之谢夫人①既往王氏，大薄凝之；既还谢家，意大不说。太傅慰释之曰："王郎，逸少之子，人身②亦不恶，汝何以恨乃尔？"答曰："一门叔父，则有阿大、中郎③；群从兄弟④，则有封、胡、遏、末⑤。不意天壤之中，乃有王郎！"

【注释】

①谢夫人：王凝之妻子谢道韫（见《言语》第7则），是谢安的哥哥谢奕的女儿，王羲之（字逸少）的儿媳妇。

②人身：人品，才学。

③阿大、中郎：阿大不知指谁，疑指谢安的堂兄谢尚。中郎可能指谢安弟弟谢万，他曾任抚军从事中郎。也可能指谢安哥哥、排行第二的谢据。

④群从兄弟：同族的堂兄弟。

⑤封、胡、遏、末：封是谢韶，胡是谢朗，遏是谢玄，末是谢渊，这都是小名。四人都是谢家有才学的人。

【译文】

王凝之妻子谢夫人到王家后，非常轻视凝之；回到谢家后，心里非常不高兴。太傅谢安安慰、开导她说："王郎是逸少的儿子，人品和才学也不错，你为什么竟不满意到这个地步？"谢夫人回答说："同一家的叔父里头，就有阿大、中郎这样的人物；本家兄弟，就有封、胡、遏、末这样的人物。没想到天地之间，竟有王郎这种人！"

二七

【原文】

韩康伯母隐①古几毁坏，卞鞠②见几恶，欲易之。答曰："我若不隐此，汝何以得见古物！"

【注释】

①隐（yìn）：倚靠。

②卞鞠：是韩母的外孙，生活奢靡，平时服用力求新异，常"以富贵骄人"。

【译文】

韩康伯母亲平日凭靠着的那张矮桌子坏了,卞鞠看见小桌坏了,就想换掉它。韩母回答说:"我如果不是凭靠这张矮桌,你又怎么能见到古物!"

二八

【原文】

王江州①夫人语谢遏曰:"汝何以都不复进②?为是③尘务经心,天分有限?"

【注释】

①王江州:王凝之,曾任江州刺史。他的夫人谢道韫是谢遏(谢玄)的姐姐。

②"汝何以"句:按,《晋书·列女传》载,谢道韫曾责备谢玄学问没有长进。

③为是:还是,表选择的连词。

【译文】

江州刺史王凝之夫人问谢遏道:"你为什么一点儿也不再长进?是一心注意世俗杂务,还是天资有限呢?"

二九

【原文】

郗嘉宾丧,妇兄弟欲迎妹还,终不肯归。曰:"生纵不得与郗郎同室,死宁不同穴!"

【译文】

郗嘉宾死了,他妻子的兄弟想把妹妹接回去,她却始终不肯返回娘家。说:"活着虽然不能和郗郎同居一室,死了岂可不和他同葬一穴!"

三〇

【原文】

谢遏绝重其姊,张玄常称其妹,欲以敌之。有济尼者,并游张、谢二家,人问其优劣。答曰:"王夫人神情散朗,故有林下①风气;顾家妇清心玉映,自是闺房之秀。"

【注释】

①林下:竹林之下或树林之下,实指隐士所在之处。按,济尼之言,实际是说顾家妇(张玄妹)不如王夫人(谢道韫)。他称赞王夫人有隐士风度,顾家妇不过是妇女中的优秀者而已。

【译文】

谢遏非常尊重自己的姐姐,张玄常常称赞自己的妹妹,想使她与谢遏姐姐并列。有一位尼姑叫济尼,和张、谢两家都有交往,别人问她这两个人的高下。她回答说:"王夫人神态风度潇洒爽朗,确实有隐士的风采和气度;顾家媳妇心地清纯,洁白光润,自然是妇女中的优秀者。"

三一

【原文】

王尚书惠尝看王右军夫人,问:"眼耳未觉恶①不?"答曰:"发白齿落,属乎形骸;至于眼耳,关于神明②,那可便与人隔③!"

【注释】

①恶:不好,这里指视力、听力衰退。
②神明:精神。
③隔:隔阂。按,这句是说还没有到眼花耳聋,彼此不通情意的程度。

【译文】

尚书王惠曾经去看望过右军将军王羲之的夫人,问她说:"眼睛、耳朵还没有觉得不好吧?"她回答说:"头发白了,牙掉了,这是属于身体的衰老;至于视力和听力,关系到精神,哪能就阻碍和别人交往呢!"

三二

【原文】

韩康伯母殷，随孙绘之①之衡阳，于阖庐洲中逢桓南郡。卞鞠是其外孙，时来问讯。谓鞠曰："我不死，见此竖二世作贼②！"在衡阳数年，绘之遇桓景真③之难也，殷抚尸哭曰："汝父昔罢豫章④，征书朝至夕发；汝去郡邑数年，为物不得动，遂及于难，夫复何言！"

【注释】

①绘之：是韩康伯的儿子，任衡阳太守。

②"见此"句：恒温久怀篡夺之志，事未成而死。桓玄也志在篡夺，公元398年起兵反帝室；公元402年举兵东下建康，掌管朝政。韩母可能在此期间遇见他。当时卞鞠任桓玄的长史，为他出谋划策。竖指小子，是对人的蔑称。二世指桓温和桓玄父子。

③桓景真：桓亮，字景真，是桓温的孙子，桓玄的侄儿。公元403年桓玄称帝，次年兵败被杀。到公元405年其余党桓亮等分扰荆、湘、江、豫诸州，杀了衡阳前太守韩绘之等。这就是后面说的桓景真之难。

④"汝父"句：韩康伯曾任豫章太守，后入为侍中。

【译文】

韩康伯的母亲殷氏，跟随着孙子韩绘之到衡阳去，途中在阖庐洲上遇见南郡公桓玄。桓玄的长史卞鞠是殷氏的外孙，当时也来问安。殷氏对卞鞠说："我不死，就看到了这小子两代人做乱臣贼子!"在衡阳住了几年,绘之在桓景真的叛乱中被害,殷氏抚尸痛哭道:"你父亲以前免去豫章太守时,征调他的文书早晨到了,他傍晚就上路;你免官已经几年了,却为着别人不能动身,终于遭难,这还能说什么呢!"

术解第二十

【题解】

术解,指精通技艺或方术。本篇记载着一些有特殊技能的事例:第一则记荀勖、际咸通晓音乐、音律的事,第二则记荀勖能从煮出的菜蔬里品尝出是用什么样的柴火煮的,第四则记王济善解马性,第九则记桓温的一位主簿善于品酒,都是各有专长。其余的属于通晓方术,包括医术(第十则),占卜(第八则),星相(第七则),堪舆(即看风水,第六、七则)等。有的人通晓一术或数术,这里说的郭璞传说就有异能,于方术有精妙之处。古人颇好方术,于占卜等很迷信,不过是自欺欺人罢了。

一

【原文】

荀勖①善解音声,时论谓之"暗解②"。遂调律吕③,正雅乐。每至正会,殿庭作乐④,自调宫商,无不谐韵。阮咸⑤妙赏,时谓"神解⑥"。每公会作乐,而心谓之不调。既无一言直勖⑦,意忌之,遂出阮为始平太守。后有一田父耕于野,得周时玉尺,便是天下正尺。荀试以校己所治钟鼓、金石、丝竹,皆觉短一黍⑧,于是伏阮神识。

【注释】

①荀勖(xù):晋代初年任中书监、侍中。曾经掌管音乐,校正音律。

②暗解:精通。

③律吕:音律。

④雅乐:古代帝王用于祭祀、朝贺、宴享等大典的乐曲,要求中正和平、典雅纯正,故称雅乐。按,汉末纷乱,雅乐亡失。荀勖重新制作正音的律管,但因为古今尺寸长短不同,所以不易和古律相应。

⑤阮咸:阮咸曾任散骑侍郎,妙解音律,善弹琵琶。荀勖每次和他谈论音律,都自以为远远比不上他。阮咸认为荀勖所作新律声高,高则悲,不合护和。

⑥神解:融会贯通的领会。

⑦直:使之直、正确,纠正。

⑧黍:黄米。按,古代把一百粒黍排列起来的长度认作一尺,用这个标准尺寸来制律管。

【译文】

荀勖精通乐理,当时的舆论认为他是"暗解"。他于是就调整乐律,校正雅乐。每到正月初一举行朝贺礼时,殿堂上演奏音乐,他亲自调整五音,无不和谐。阮咸对音乐有很高的欣赏能力,当时的舆论认为他是神解。每逢官府集会奏乐,他心里都认为不协调。他既不提一点儿意见来纠正荀勖,荀勖心里就顾忌他,终于调他出京任始平太守。后来有一个农民在地里干活,得到周代一把玉尺,这就是国家的标准尺。荀勖试着用它来校对自己所调试的各种乐器的律管,都较标准尺短了一粒米的长度,于是才佩服阮咸见识高超。

二

【原文】

荀勖尝在晋武帝坐上食笋进饭，谓在坐人曰："此是劳薪①炊也。"坐者未之信，密遣问之，实用故车脚②。

【注释】

①劳薪：以使用过度的木材为柴火。
②车脚：车轮。

【译文】

荀勖曾经在晋武帝的宴席上吃笋下饭，对在座的人说："这是劳薪煮的。"在座的人不相信他的话，暗中派人去问厨师，才知道的确是拿旧车轮做柴火煮成的。

三

【原文】

人有相羊祜父墓，后应出受命君①。祜恶其言，遂掘断墓后以坏其势。相者立视之，曰："犹应出折臂三公②。"俄而祜坠马折臂，位果至公。

【注释】

①受命君：指受天之命的君主。按，迷信的说法认为祖坟有帝

王气。

②三公：晋代的三公指太尉、司徒、司空。按，羊祜在晋武帝时任征南大将军，死后追赠太傅，属于八公。

【译文】

有位看相的人为羊祜父亲的坟墓看风水，说其后代会出一位真命天子。羊祜厌恶他的话，就把坟墓的后部挖断，以便破坏坟山的气脉。看风水的人马上又去看，说道："还要出个断臂的三公。"不久羊祜从马背上跌下来，摔断了手臂，后来果然升到公的官位。

四

【原文】

王武子①善解马性。尝乘一马，著连钱②障泥③，前有水，终日不肯渡。王云："此必是惜障泥。"使人解去，便径渡。

【注释】

①王武子：王济。
②连钱：一种花饰，像钱纹。
③障泥：垫马鞍的垫子，下垂至马腹，用来挡泥土。

【译文】

王济很懂得马的脾性。他曾经骑着一匹马外出，马背上铺着一块连钱花纹的垫子，碰到前面有条河，马整天不肯渡过去。王武子说："这一定是马舍不得弄坏垫子。"叫人解下垫子，马就径直渡过去了。

五

【原文】

陈述①为大将军掾，甚见爱重。及亡，郭璞②往哭之，甚哀，乃呼曰："嗣祖，焉知非福！"俄而大将军作乱，如其所言。

【注释】

①陈述：字嗣祖，很有名望，任大将军王敦的属官。
②敦璞：精通卜算之术。初受王导器重，参王导军事，后在王敦幕府里任记室参军。按，郭璞已预知王敦要作乱。

【译文】

陈述担任大将军王敦的属官，特别受到王敦的喜爱敬重。到他死后，郭璞前去哭丧，哭得非常悲痛，竟然哭喊着说："嗣祖，怎么知道这不是你有福气！"不久王敦就作乱，正像郭璞所说的那样。

六

【原文】

晋明帝解①占冢宅。闻郭璞为人葬，帝微服②往看，因问主人："何以葬龙角③？此法当灭族！"主人曰："郭云此葬龙耳，不出三年，当致天子。"帝问："为是出天子邪？"答曰："非出天子，能致天子问耳。"

【注释】

①解：会，能够。

②微服：指改穿平民衣服以隐藏身份。

③龙角：看风水的人以山势为龙，山的起伏连绵的脉络为龙脉。此指墓穴选择在龙角的位置上。

【译文】

晋明帝懂得占卜墓地的吉凶之术。他听说郭璞为别人找了一块坟地，明帝就换上便服前往察看，又问墓地主人："为什么葬在龙角上？这种葬法将会灭族的！"主人说："郭璞说过，这是葬在龙耳上，不出三年，就会引来天子。"明帝问："是引来天子，还是出个天子呢？"主人回答说："不是出个天子，是能引得天子来问呀。"

七

【原文】

郭景纯过江，居于暨阳，墓去水不盈百步①，时人以为近水。景纯曰："将当为陆。"今沙涨，去墓数十里皆为桑田②。其诗曰："北阜烈烈，巨海混混③；垒垒三坟，唯母与昆④。"

【注释】

①"郭景纯"句：郭景纯即郭璞，他在西晋末，知天下将乱，

便避乱过江，住在暨阳。又这句所说的"墓"没有指明是谁的墓，疑有脱字。按《晋书·郭璞传》说，"璞以母忧去职，卜葬地于暨阳，去水百步许"。知是郭母墓。从下文看，又可能是指郭璞母亲和两个哥哥的墓。步，古代的长度单位，三百步为一里。

②桑田：指农田。

③"北阜"句：大意是，北山险峻陡峭，大海波涛滚滚。烈烈，形容山的高峻险阻。混混，同"滚滚"，形容大水翻腾。

④"垒垒"句：大意是，三座坟墓高高堆起，那就是母亲和两个哥哥。垒垒，形容堆积。昆，指哥哥。

【译文】

郭璞渡江后到了江南，住在暨阳县，他母亲的坟墓距离大江不足一百步，当时有人认为离江太近了。郭璞说："这里将会成为陆地。"现在泥沙已经增高了，距离坟墓几十里远的地方都变成了农田。郭景纯有诗为记："北阜烈烈，巨海混混；垒垒三坟，唯母与昆。"

八

【原文】

王丞相令郭璞试作一卦，卦成，郭意色甚恶。云："公有震①厄②。"王问："有可消伏③理不？"郭曰："命驾西出数里，得一柏树，截断如公长，置床上常寝处，灾可消矣。"王从其语。数日中，果震柏粉碎，子弟皆称庆。大将军云："君乃复委罪于树木！"

【注释】

①震：响雷。

②厄：灾难。

③消伏：消除。

【译文】

丞相王导让郭璞试着占一卦，卦象得出来了，郭璞的神情脸色都很不好，说："丞相您有遭雷击的灾难。"王导问："有没有办法可以消除灾难？"郭璞说："您出行往西走几里地，那里有一棵柏树，截下一段和您一样高的树干，放在您床上经常睡的那个位置，灾难就可以消除了。"王导照他说的去做。过了几天，雷电果然把柏木击得粉碎，子侄们都表示庆贺。大将军王敦对郭璞说："您竟然能把罪过推给树木！"

九

【原文】

桓公有主簿，善别酒，有酒辄令先尝。好者谓"青州从事"，恶者谓"平原督邮"①。青州有齐郡，平原有鬲县②；"从事"言到脐，"督邮"言在鬲上住。

【注释】

①从事、督邮：都是官名，分别是州、郡的属官。按，这里是用某地某官代表酒名。

②"青州"句："齐郡"的"齐"，古可用为"脐"，即肚脐。

"鬲县"的"鬲"可用为"膈",即膈膜,是胸腔和腹腔间的膜状肌肉。

【译文】

桓温的属下有一位主簿,擅长区分酒质的优劣好坏,有酒总是让他先品尝。好酒,他就说是"青州从事",不好的酒,他就说是"平原督邮"。这是因为青州有个齐郡,平原郡有个鬲县;所谓"从事",说明酒力能达到肚脐下;所谓"督邮",说明酒力到膈膜上就停住了。

一〇

【原文】

郗愔信道甚精勤。①常患腹内恶,诸医不可疗。闻于法开②有名,往迎之。既来便脉,云:"君侯③所患,正是精进④太过所致耳。"合一剂汤与之。一服即大下,去数段许纸,如拳大,剖看,乃先所服符也。

【注释】

① "郗愔"句:郗愔信奉天师道,这是一个迷信组织,相信喝符水可以治病,无病也可服符。精勤,专一认真。
② 于法开:和尚名,以文学著名,兼通医术。
③ 君侯:对列侯和尊贵者的尊称。
④ 精进:佛教用语,指专心无杂念而上进不懈怠,这里指对道教的虔诚。

【译文】

郗愔信奉天师道非常专心勤奋。他常常感到肚子不舒服,很多医生都治疗不好。听说于法开有名气,就去接他来。于法开来了就切脉,切完脉说:"君侯害的病,恰恰是过分虔诚所引起的呀。"就配了一服汤药给郗愔。一服药就大泻,泻下几堆像拳头那么大的纸团;剖开一看,原来是先前所吃下的符。

——

【原文】

殷中军妙解经脉①,中年都废。有常所给使②,忽叩头流血。浩问其故,云:"有死事,终不可说。"诘问良久,乃云:"小人母年垂百岁,抱疾来久,若蒙官一脉,便有活理。讫就屠戮无恨。"浩感其至性,遂令舁③来,为诊脉处方。始服一剂汤便愈。于是悉焚经方④。

【注释】

①经脉:中医所指人体内气血运行的通路,这里泛指医术。
②给使:指供使唤的仆人。
③舁(yú):抬。
④经方:医书。

【译文】

中军将军殷浩精通医术,到中年便都荒废了。有一个经常供他使唤的仆人,忽然给他磕头,磕到头破血流。殷浩问他有什么事，他说："有件人命事，不过终究不该说。"追问了很久，这才说道："小人的母亲年纪将近一百岁，从生病到现在已经很长时间了，如果承蒙大人诊一次脉，就有办法活下去。事成以后，就算被杀也心甘情愿。"殷浩受到他真诚的孝心的感动，就叫他把母亲抬来，给他母亲诊脉开药方。才服了一服药，病就好了。殷浩于是把有关医药处方的书全部都烧毁了。"

巧艺第二十一

【题解】

巧艺，指精巧的技艺，这里的艺主要指棋琴书画、建筑、骑射等技巧性、技术性的技能。篇内有一些条目是记述一些能工巧匠的高超技艺的。例如第二则记工匠所造楼台之巧，"台虽高峻，常随风摇动，而终无倾倒之理"。从中可以看出古代建筑技术的高度成就。有一些条目记述、赞扬画家、书法家们特出的艺术造诣以及他们对技艺的执着追求。例如第七则所记大画家顾长康的故事，第三则所记韦仲将书榜的事。其中一些内容如"颊上益三毛""传神写照，正在阿堵中"及评论绘画的"'手挥五弦'易，'目送归鸿'难"等，已经被引申、凝练成为名言而流传后世。

一

【原文】

弹棋①始自魏，宫内用妆奁戏。文帝于此戏特妙，用手巾角拂之，无不中。有客自云能，帝使为之。客著葛巾②角，低头拂棋，妙逾于帝。

【注释】

①弹棋：弹棋是一种赌输赢的棋类游戏。相传起源于西汉，到曹操掌权时，宫女用金钗、玉梳在镜匣上做弹棋游戏，其实并非如后所说始自魏宫内。

②葛巾：用葛布做的头巾。按，弹棋是用手把棋子弹起，魏文帝和客人不用手就能把棋子弹起，所以称妙。

【译文】

弹棋的游戏是从魏代后宫开始出现的，宫女们用梳妆的镜匣来游戏。魏文帝对这种游戏特别精通，他能用手巾角去弹起棋子，没有弹不中的。有位客人自称能这样做，文帝就叫他试一试。客人戴着葛巾，就低着头用葛巾角去拨动棋子，比文帝做得更妙。

二

【原文】

陵云台①楼观②精巧，先称平众木轻重，然后造构，乃无锱铢③相负揭④。台虽高峻，常随风摇动，而终无倾倒之理。魏明帝登台，惧其势危，别以大材扶持之，楼即颓坏。论者谓轻重力偏故也。

【注释】

①陵云台：楼台名，在洛阳。

②楼观（guàn）：楼台。

③锱铢：指微小的数目。锱和铢都是重量单位，有说六铢为一锱，四锱为一两。

④负揭：指秤杆的下垂与翘起，高下。

【译文】

陵云台楼台观舍设计精巧，建造之前先称量过所有木材的轻重，使四面所用木材的重量相等，然后才筑台，因此四面重量不差分毫。楼台虽然高峻，常随风摇摆，可是始终不可能倒塌。魏明帝登上陵云台，害怕它情况危险，另外用大木头支撑着它，楼台随即就倒塌了。舆论认为是重心偏向一边的缘故。

三

【原文】

韦仲将①能书。魏明帝起殿，欲安榜，使仲将登梯题之②。既下，头鬓皓然③。因敕儿孙勿复学书。

【注释】

①韦仲将：韦诞，字仲将，书法家，官至光禄大夫。

②"魏明帝"句：据传魏明帝建陵云殿，匾额还没有题字，就误钉上去了，于是叫擅长写楷书的大臣韦仲将登梯题匾。榜，匾。

③皓然：白的样子。按，韦诞因登高危惧而且费力，以致头鬓皓然，这种说法可能有些夸张。

【译文】

韦仲将擅长书法。魏明帝修建宫殿，想安放个匾，就派仲将登上梯子去题写匾额。题好字下来后，鬓发全白了。因此便告诫子孙不要再学习书法。

四

【原文】

钟会是荀济北①从舅，二人情好不协。荀有宝剑，可直②百万，常在母钟夫人许。会善书，学荀手迹，作书与母取剑，仍窃去不还。荀勖知是钟而无由得也，思所以报之。后钟兄弟以千万起一宅，始成，甚精丽，未得移住。荀极善画，乃潜往画钟门堂③，作太傅④形象，衣冠状貌如平生。二钟入门，便大感恸，宅遂空废。

【注释】

①荀济北：荀勖，晋武帝即位时，封为济北郡公，固辞为侯。
②直：通"值"。
③门堂：门和厅堂，指家里。
④太傅：指钟繇，魏朝太傅，是钟会的父亲。

【译文】

钟会是济北公荀勖的叔伯舅父，两个人的感情不和。荀勖有一把宝剑，价值一百万，平常放在他母亲钟夫人那里。钟会擅长书法，就模仿荀勖笔迹，写了一封信给他母亲要宝剑，于是就偷去不还回来。荀勖知道是钟会干的事，可是没有办法要回来，就想法报复他。后来钟家兄弟花了一千万修建一所住宅，刚落成，非常精美，还没有搬进去住。荀勖很擅长绘画，就偷偷地到钟会的新居去，画上钟繇的像，衣帽、相貌都和生前一模一样。钟毓和钟会兄弟进门看见，就大为感伤哀痛，不能住进去，这座宅院便从此闲置不用了。

五

【原文】

羊长和①博学工②书，能骑射，善围棋。诸羊后多知书，而射、奕③余蓺④莫逮。

【注释】

①羊长和：羊忱的字，参考《方正》第九则。
②工：擅长。
③奕：同"弈"，下围棋。
④蓺：同"艺"，技艺。

【译文】

羊忱学识广博，又擅长书法，能骑马射箭，还擅长下围棋。羊家后代多懂书法，可是射箭、下棋这些技能，却没有谁能赶上他的。